光文社文庫

文庫オリジナル／長編青春ミステリー

茜色《あかねいろ》のプロムナード

赤川次郎

光 文 社

『茜色のプロムナード』目　次

1 運 11
2 新しい環境 22
3 掃除人 34
4 未来は…… 46
5 父と娘 58
6 砂時計 71
7 計算 82
8 つきまとう 95
9 予感 107
10 計画 120
11 スケッチ 131
12 署名 142
13 恐怖 154

14 皮算用 167
15 立札 177
16 華やかな日 189
17 捜索 199
18 機会 211
19 散弾 222
20 計画 235
21 驚き 247
22 事件 259
23 勇気 270
24 再出発 284
解説 細谷《ほそや》正充《まさみつ》 293

●主な登場人物のプロフィルと、これまでの歩み

第一作『若草色のポシェット』以来、登場人物たちは、一年一作の刊行ペースと同じく、一年ずつリアルタイムで年齢を重ねてきました。

杉原爽香《すぎはらさやか》……三十歳。誕生日は五月九日。名前のとおり爽《さわ》やかで思いやりがあり、正義感の強い性格。中学三年生、十五歳のとき、同級生が殺される事件に巻き込まれて以来、様々な事件に遭遇《そうぐう》する。大学を卒業して半年後の秋、殺人事件の容疑者として追われていた元ＢＦ《ボーイフレンド》・明男を無実としてかくまうが、真犯人であることを知り、自首させる。爽香はこの事件を通して、今もなお明男を愛していることに気付く。一昨年、明男と結婚。高齢者用ケア付きマンション〈Ｐハウス〉から、現在は〈Ｇ興産〉に移り、勤めている。

杉原明男《あきお》……中学、高校、大学を通じての爽香の同級生。旧姓・丹羽《にわ》。優しいが、優柔不断なところも。大学進学後、爽香と別れ、刈谷祐子と付き合っていたが、大学教授夫人・中丸真理子《なかまるまりこ》の強引な誘いに負けてしまう。祐子を失ったうえに、就職にも失敗。真理子を殺した罪で服役していたが、五年前に仮釈放された。現在は爽香と結婚し、Ｎ運送に勤めている。

河村布子《かわむらきぬこ》……爽香たちの中学時代の担任。着任早々に起こった教え子の殺人事件で知り合

った河村刑事と結婚して十一年。現在も爽香たちと交流している。子供の名は、爽子《さわこ》と達郎《たつろう》。一昨年、それまでの学校を辞め、昨年、〈M女子学院〉へ。

河村太郎《たろう》……警視庁の刑事として活躍するが、一昨年、ストレスから胃を悪くし、大手術を受け、事務職に。昨年現場に戻るも、志乃との間に娘が生まれる。

栗崎英子《くりさきひでこ》……五年前、子供たちが起こした偽装誘拐事件に巻き込まれた。かつて大スター女優だったが、爽香の助けなどで映画界に復帰。〈Pハウス〉に入居中。

早川志乃《はやかわしの》……河村が追っていた幼女殺害事件の犯人と同じ学校の保健担当。昨年、河村の子供・あかねを出産する。

野口久司《のぐちひさし》……警視庁の刑事。河村の元部下。布子への思いを胸に秘めている。

田端祐子《たばたゆうこ》……大学時代の明男の恋人。旧姓・刈谷《かりや》。就職した〈G興産〉で出会った田端将夫と四年前に結婚した。妊娠し、出産へ。

田端将夫《まさお》……〈G興産〉社長。祐子と交際中も、爽香に好意を持つ。現在は爽香の上司。

浜田今日子《はまだきょうこ》……爽香の同級生で親友。美人で奔放、成績優秀。現在は医師として活躍中。

杉原充夫《みつお》……爽香の十歳上の兄。三児の父。浮気癖があり、爽香を心配させる。

三宅《みやけ》　**舞**《まい》……昨年、明男が軽井沢までスキーを運んでいったときに知り合った女子大生。

田端真保《まほ》……将夫の母。爽香のことがお気に入り。〈G興産〉の経営に参加している。

荻原里美《おぎわらさとみ》……昨年、事件で母を亡くす。高校を辞めて幼い弟を自分の手で育てている。

喜美原春子《きみはらはるこ》……バリトン歌手の故・喜美原治《おさむ》の娘。十六歳。栗崎英子に見込まれ、芸能界へ。

——杉原爽香、三十歳の春

1　運

ともかく疲れていた。

なぜ、ということはない。人間、七十六にもなれば、少し出歩いただけでもくたびれておかしくないだろう。

普段からよく出歩いていればともかく、門倉矢市郎《かどくらやいちろう》は滅多《めった》に外出ということをしない。勤め先を六十で停年退職してから、二、三年は働くつもりだった。

しかし、仕事がない。あってもビラ配りとか袋詰めとか単純なものばかりで、しかも賃金は呆《あき》れるほど安い。

門倉矢市郎は、早々に馬鹿《ばか》らしくなって、仕事を探すのをやめてしまった。

庭の手入れや草むしり、後《あと》はTVの時代劇の再放送を見るくらいしか楽しみはなかった。

妻のとめ子は六つ若い七十歳だったが、夫よりは大分《だいぶん》元気である。六十を過ぎてからカルチャーセンターに通い始め、新しい友だちもできた。

今日も、とめ子は朝の内に出かけてしまった。十時近くになって起き出して来た矢市郎は、先日留守のときに配達に来た書留の受取期日が今日だということに気が付いたのだ。前から分《わか》っていれば、出かけるとめ子に、ついでに郵便局へ寄って来てくれと頼むのだったが、出かけた後だ。——仕方なく、矢市郎は健康保険証と印鑑をポケットに、郵便局へと出かけた。

ところが、知らない間に郵便局は移転していたのである。案内図の色がすっかり変《かわ》ってしまっていたから、大分前のことなのだろう。

ともかく、そっちへ回らなくてはならない。

矢市郎は、しばらくその案内図をにらみつけて、

「よし、憶《おぼ》えたぞ」

と肯《うなず》くと、案内図と反対の方向へ歩き出した。

分ったつもりでも、ものの二、三十メートルも行くと、もう矢市郎の頭の中から案内図は跡形もなく消滅していたのである。

——分らなければ訊《き》けばいい。

いつもなら、矢市郎もそう思っていただろう。しかし、「案内図をすぐ忘れてしまった」ことを認めたくない、という思いが、意地《いじ》になって、一人で捜《さが》し当ててみせるという行動になった。

一時間近くも歩き回って、矢市郎は疲れ果ててしまった。

もう足が上《あが》らない。——何度も歩道の敷石のわずかな差につまずきかけていた。

このままじゃ、倒れてしまう。

そのとき、矢市郎の目に止ったのが、冷たい飲物の自動販売機だった。

それを見たとたん、矢市郎の喉はカラカラに渇《かわ》き切ってしまった。財布を出して、小銭をてのひらへ落とす。——百二十円、ちょうどあった。

冷たい飲物をグーッと飲めば、この疲れもいやされるだろう。矢市郎は百二十円を投入すると、日本茶の缶のボタンを押した。

ガタンと音がして、缶が取出口へ落ちる。

身をかがめて、プラスチックの板をはね上げ、中の缶を取り出して——愕然《がくぜん》とした。

缶は持っていられないほど熱い。

「しまった……」

押すボタンを間違えてしまったのだ。

〈HOT〉〈COLD〉だって？　日本語で書け！

仕方ない。——もう一度財布を取り出した。

千円札が一枚ある。

今は「もったいない」などと言っているときではなかった。早く——早く冷たいお茶で喉を潤《うるお》したい！

千円札を入れようとすると、お札の入れ口にテープを貼ってふさいである。〈硬貨のみでお願いします〉という手書きのメモが貼りつけてある。

「畜生《ちくしよう》……。畜生……」

何てツイてないんだ、俺は！

呆然《ぼうぜん》として、矢市郎は周りを見回した。

すると――道の向《む》かいに、〈宝くじ〉という貼紙をして、小さな小屋（とも言えない箱みたいなものだ）で、六十くらいになろうかという女が宝くじを売っていた。

あそこで、これをくずそう。

矢市郎は千円札を手に、

「これを細かくしてくれ」

と言おうとした。

しかし、そこは矢市郎も古い人間だ。何も買わずに、千円札をくずしてもらうのは、「信念に反した」。

仕方ない。

「一枚くれ」

と、千円札を出した……。

――冷たいお茶を一気にガブガブと飲んで、矢市郎はやっと生き返った。

缶丸ごとは飲めないが、半分近く飲んでしまっただろう。

矢市郎は、宝くじを売る女が微笑《ほほえ》んで見ているのに気付くと、少しきまり悪くなった。

「――よっぽど喉が渇いてたんですね」

と、女が言った。

「ああ……。散々《さんざん》歩いてな」

「わざわざ宝くじを買って下さらなくても、くずしてあげましたよ」

「いや、商売している人に、それは失礼だ」

と、矢市郎は言って、「これ、間違って熱いやつを買ってしまった。あんた、飲むかね」

「よろしいんですか？」

「ああ。缶二本も飲めんよ」

「じゃあ……。いただきます」

と、女は頭を下げた。

「こうして売ってるのも大変だろうね」

「皆さんの思うほど楽じゃありませんね。暑いときも寒いときもあります」

「そうだろうな。――当ったらいくらだって？」

「一等一億円です」

「一億ね！　想像もつかんな。我々にゃ」

「ねえ。たまにゃ、前もって当りくじの番号が分らないかしら、って思いますよ。一度当りゃ、もうこんなことしてなくてもいいんだし」

「金ってやつは、本当に必要な所へはやって来ないのさ。——親父がよくそう言ってた」

「本当ですね。あるところには、もっと集まってくる……」

「グチっても仕方ない。——そうだ、郵便局ってのはこの辺《へん》にあるか？」

「この間移って来たやつですか？　この先を右へ曲ると、すぐ見えますよ」

「そうか！」

矢市郎は奇跡的に正しい方向へ来ていたのだ。

「郵便局をお探しだったんですか」

「ああ、クタクタになるまで歩いたよ」

矢市郎は笑って、飲みかけの缶をグイとあおった。「——これが酒ならな」

「お好きですか」

「まあね。しかし、もう弱くなった。——ありがとう」

「いいえ、こちらこそ」

感じのいい女だった。

「それじゃ」

と行きかけると、

「その空缶、一緒に捨てておきますよ」

と、声をかけてくれた。

「そうか。じゃ、頼む」

と、空缶を渡し、「一億円当ったら、少し分けてあげるよ」

「楽しみにお待ちしてますよ」

と、女は笑った。

そして、矢市郎の後ろ姿に、

「発表は三週間後ですよ！　忘れないで下さい！」

と呼びかけた……。


家へ帰ると、電話が鳴っていた。

とめ子はもちろんまだ帰っていない。

矢市郎は、急いで玄関から上った。あわてたので、靴が片方引っくり返ってしまったが、後で直そうと決め、居間の電話機へと急いだ。

「——はい。もしもし」

門倉家には、本当に大切な電話などめったにかかって来ない。仕事を辞めて十何年もたてば、誰でもそうだろう。

これまでにも、急いで出たら、保険のセールス、勧誘といったものだったことが多い。

「お墓のご用意はされていますか？」

という電話に、

「俺はまだ死なん！」

と、怒って切ったこともある。

だから、最近は出ても名前を言わないのである。

「もしもし？」

「門倉さんですか？　門倉とめ子さんのご主人でいらっしゃいます？」

と、いやに甲高《かんだか》い女の声。

「さようですが……」

「良かった！　さっきから何度もかけていたんです」

「外出しておりましてね」

「あの、私、奥様とお花のクラスでご一緒している者なんですけど」

「はあ」

お花？　華道なんかやってたのか、あいつ？

「実は今日、お仲間数人でお昼をご一緒にいただいていたんですが、食事の途中、奥様が突然、気分が悪くなったとおっしゃって」

「とめ子がですか」

「倒れてしまわれたんです！　すぐ救急車を呼んでもらって、今、近くの救急病院にいます」

矢市郎は、当惑した。

あの元気なとめ子が？　何かの間違いじゃないのか。

「あの——もしもし？　聞こえます？」

「はあ、もちろん」

「急いでおいでいただきたいんです」

「それはもう……。病院はどこでしょう？」

矢市郎は落ちついていた。きちんとメモを取り、礼を言った。

——受話器を置いてから、初めて矢市郎は血の気のひくのを覚えた。

とめ子が倒れた。

もう七十歳なのだから、そんなことがあってもふしぎではない。分っていても、心の中では、

「とめ子はいつも元気なはずだ」

と思い込んでいた。

病院へ行ってみれば、とめ子が照れくさそうに座っていて、

「何でもないのよ」

と笑っているに違いない、と思えた。

ともかく、病院へ行かなくては。

矢市郎は、またすぐ出かけるはめになってしまった。

――病院を捜し当てるのに、少し手間どった。

「今日は、何だか一日中捜し歩いてる日だな……」

やっと病院の玄関を入りながら、矢市郎はそう呟《つぶや》いた。

大きな病院で、どこへ行けばいいのやら分らなかった。

近くの看護婦に訊いて、それでも迷いつつ、やっと辿《たど》り着いた。

「門倉とめ子さんですね。こちらです」

――その先のことは、矢市郎の記憶からきれいに消し飛んでいる。

眠っている妻。――その息づかいは、普通ではなかった。

口が開いていた。何より、眠っている表情が違った。

何か、とんでもないことが起ったのだ。

矢市郎は愕然として、ベッドのそばに立っていた。

白衣の医師がやって来た。

「ご主人ですね」

矢市郎は黙《だま》って肯《うなず》いた。

ツイてない。――ツイてなかったんだ。

今日という一日を、歴史の中から消してしまいたい。
矢市郎は元気なときの妻にもしたことのないことをやった。
妻の手をしっかりと握《にぎ》ったのである。

2　新しい環境

「お呼びですか」

杉原爽香《すぎはらさやか》は社長室の入口で一旦《いったん》足を止めて言った。

田端将夫《たばたまさお》は電話で誰かと話している最中《さいちゅう》だったが、爽香の姿を見ると手招きして、ソファにかけているように指示した。

爽香はファイルを手にソファに浅く腰をおろした。何にしろ十五分以上はいられないのだ。

「回答は、二、三日中に出します。――ええ、確かに。――はい、それでは」

田端は受話器を置いて息をつくと、「やれやれ。第一歩から面倒なもんだな」

「地主さんですか」

「地主に金を貸してる銀行だ。うちがどこに決めるか、よそより早く知らせてくれって」

「何か義理でも？」

「息子が僕と同じ大学だってさ。しかも、七年も後輩」

田端は笑って立ち上って、ソファの方へやって来た。「全《まつた》く、そんなこと言ってたら、『特別なご縁《えん》のある』人間だらけになっちまう」

「みんな必死ですね」

「そうだな。同情はするが、それで建設地を決めるわけにはいかない」

「はい」

「ま、少し息抜きでもしよう」

田端は秘書を呼んで、「コーヒーを三つ、持って来てくれ」

と言った。

「——三つですか。どなたかお客様が？」

「うん、君に紹介したい人間がいる」

「毎日毎日、何十人も紹介していただいて、とても憶え切れません」

と、爽香は言って笑った。

「——ご主人は元気かい」

と、田端は訊いた。

「はい。相変らず忙しいようです。良久《よしひさ》君はいかがですか？」

「毎日、手がかかるよ」

田端の相好《そうごう》が崩れた。「週末は僕がお風呂に入れるんだ」

「すてきですね。拝見したいですわ」

「社員に見せられた顔じゃないと女房にからかわれてるよ」

と、田端は楽しげに言った。

——爽香はホッと安堵《あんど》している。

田端将夫と妻の祐子《ゆうこ》の間は、必ずしもうまくいっていたわけではない。

祐子はかつて爽香の夫、明男《あきお》の恋人だった。ふしぎな縁で、今は爽香の雇い主の妻である。

年明けに、男の子が生《うま》れ、〈良久〉と名づけられると、田端はたちまち「マイホーム・パパ」に変身した。

仕事の付合《つきあ》いも夜九時前には切り上げて帰宅する。おかげで、部下たちも早く帰れてホッとしていた。

老人向《むけ》のケア付高級マンション〈Pハウス〉を辞めて、爽香が親会社の〈G興産〉に移って来たのは、この三月のことだった。

ほぼ二か月が過ぎて、爽香は本格的に新しいプロジェクトに携《たずさ》わることになっていた。

少々気恥ずかしくなるような、「キャリアウーマン風」のスーツが、まだ爽香には窮屈《きゆうくつ》だ。

田端が立ち上げようとしている新しい事業は、〈Pハウス〉のような高級なものではなく、一般のサラリーマン退職者が入居できるような価格の〈老人ホーム〉である。

爽香は〈Pハウス〉での経験を買われて、田端の鶴の一声で、プロジェクトの中心スタッフの一人になっていた。

その新しい事業は、〈レインボー・プロジェクト〉と名付けられ、〈G興産〉の社内では、〈R・P〉の略称で呼ばれている。

今、プロジェクトはまず第一の大きな山場、「建設地の選定」に入っていた。

何十もの候補地は、今三つに絞《しぼ》られて最終決定を待っている。

「候補地のAは、約三キロ西に化学工場があります。先日、ご近所の方の話を聞きましたが、風の強い日はいやな匂いのすることがあるとか……。もう少し確認を取ります」

と、爽香は言った。

社長室のドアが開いて、

「お待たせしました」

と、コーヒーをのせた盆を手に入って来たのは、爽香の知らない男性だった。

「ご苦労。——テーブルに置いて、君もそこへ座れ」

「はい」

誰だろう?

ずいぶん若い。——といっても、爽香もついこの間三十歳になったばかりだが、この青年はどう見ても二十四、五。

「杉原君、この男はね、麻生《あそう》賢一《けんいち》。——名刺を出せ」

「あ、はい!」

と、あわてて名刺入れを取り出したが、一枚出そうとして、五、六枚床にバラまいてしまった。

「すみません!」

あわてて拾《ひろ》い集めたはいいが——。

「危《あぶな》い!」

と、爽香は叫《さけ》んだ。

頭を上げた拍子《ひょうし》に、テーブルにしたたか頭をぶつけてしまったのだ。

「いてて……」

と、呻《うめ》き声を上げる。

「大丈夫?」

爽香は笑いをこらえた。

「はあ……」

「今のショックで、コーヒーがこぼれたぞ」

「申しわけありません! いれ直して来ます!」

「いいよ。——ま、こんなドジな奴《やっ》なんだがね」

と、田端は苦笑しながら、「どうだろう。これを君の秘書として使ってくれないか」

これには爽香もびっくりした。

「私の秘書ですか？」

「そう。これから君は猛烈《もうれつ》に忙しくなるよ。スケジュールの管理や雑用をこなす人間が必要だ」

「それは……」

爽香は少し間《ま》を置かなくては、返事ができなかった。「それは——ありがたいお話ですけど、ご辞退させていただきます」

「どうして？」

「私自身、まだ雑用をやっている方が合っています。そのつもりでお手伝いをさせていただこうと思っていますし……」

「君は〈R・P〉を引張って行く役目なんだよ。雑用で時間を取られては困る」

「お気づかい下さってありがたいんですけど、私がどうしても秘書なしでは仕事に差《さ》し支《つか》えるという状況になってから考えたいと思います」

「そうか」

「申しわけありません」

「遠からず、その日が来ると思うがね。——まあいい。では、そういうことにしよう」

と、田端は肯いて、「麻生君、行っていいよ」

「はい！」

麻生という青年は立ち上ると、深々と頭を下げ、社長室を出て行った。

——爽香も、田端の心づかいに感謝していないわけではなかった。

しかし、今でも〈G興産〉の中で、爽香が突然外からやって来て、プロジェクトの中心スタッフの一人になったことを面白く思わない者がいくらもいる。

そんな妬《ねた》みを爽香自身、気にするわけではないが、不要な波は立てたくない。この上、爽香に「専用の秘書」がつく、ということになれば、さらに反感を買うことは必至《ひっし》だ。

むしろ周囲のスタッフから、

「誰か秘書をつけてもらったら？」

と言われるまでは、たとえどんなに大変でも頑張った方がいい……。

——爽香が社長室を辞《じ》してエレベーターの方へ急ぐと、

「杉原さん」

呼び止められて振り向くと、さっきの麻生青年である。

「あら、どうしたの？」

「あの……僕があんまりドジなんで、呆れてしまわれたのかと……」

「違うわよ！　ドジなら、私だって負けないわ」

と、爽香は笑って、「それで私を待ってたの？」

「はい。——もし秘書にしていただけたら、命がけで頑張ります」

「あのね、戦国時代の侍《さむらい》じゃないのよ。命までかけなくてもいいわ」

「じゃあ……死なない程度に」

「そうね。――さ、戻りましょ」

と、爽香は促《うなが》した。


「――ただいま」

門倉矢市郎は、玄関を開けて、ついそう言っていた。

誰も返事をしない。当り前だ。とめ子は入院しているのだから。

矢市郎は家へ上ると、しばらくぼんやりと居間に立っていた。

空気は、とめ子が出かけたときのまま、その匂いや肌触りをとどめている。

「そうか……」

しなくてはならないことがある。

休むのはその後にしよう。

矢市郎は、台所の棚から電話番号のメモを取ってくると、老眼鏡をかけ、電話を手もとに引き寄せた。

正しく番号を押すのに、三回しくじった。

疲れているのかもしれない。

やっとつながったが、なかなか出ない。
十五、六回も呼出し音が聞こえただろうか。やっと出た。
「――もしもし?」

「幸代《さちよ》か」

「お父さん? どうしたの、こんな時間に」

こんな時間?

そう言われて、矢市郎は初めて夜の十一時を回っていることに気付いた。

「ああ、そうか。――遅くにすまん」

「うちの人、酔って帰ったから眠ってるけど、もし電話で起《おこ》されると機嫌悪くなるの。言ったでしょ」

「ああ、そういえば、そんなことを聞いたかな」

「子供たちだって、あんまり鳴らしたら起きるわ」

幸代は、ちょっとため息をつくと、「でも――もう出たんだからいいわ。何か用?」

「うん、母さんが倒れた」

少し間があって、

「お母さん……転ぶかどうかしたの?」

「いや、外出中に突然倒れてな。今、意識がない」

「そんな……。先週、電話で話したばかりよ！」

「医者の話だと、脳出血とか。——昔は脳溢血と言ったもんだがな」

「それで……」

「手術するそうだ。しかし——手術の間、もつかどうか分らんと言われた。覚悟しておいてくれと」

話していると、まるで他人事のようだ。

「まあ……。大変ね」

「今、一旦家へ帰って来たんだ。一応知らせとこうと思ってな」

「ありがとう」

「お前——来られるか」

長い間があった。

「駆けつけたいけど……。ごめんなさい」

「そうか。まあ——」

「行きたいわ。行って、お母さんのそばについていたい。でも、信乃《しの》は小学校だし、博志《ひろし》は幼稚園だし。ここじゃ、誰もみてくれる人がいないの」

と、幸代は言った。

幸代の夫、中堀洋介《なかぼりようすけ》は転勤の多い仕事で、今は高松にいる。

「主人の実家も仙台ですもの。子供たちのこと、頼めないわ。主人も忙しくて、とても会社を休めないし」

「分った。いいんだ。訊いてみただけだ」

二人の孫の顔も、もうここ二年以上見ていない。

「ごめんなさい」

幸代の声が涙声になっている。

「なに、母さんは分ってるさ。――手術は二、三日の内らしい。また知らせる」

「うん。お願いね」

「起して悪かったな」

と、矢市郎は言った。

「あの――お兄さんには?」

「まだ知らせてない」

「お兄さんなら、そっちへ行ってくれるでしょ。私、連絡しようか?」

「いや、俺がかけるよ」

「そう? ――お父さん、じゃ、今一人でいるの」

「まあ、そういうことになるな」

「ちゃんと食事して、寝るのよ。お父さんまで倒れたら……」

「俺は大丈夫だ」

「でも……気を付けて」

「分った」

「それじゃ……」

——電話を切って、矢市郎はしばらく動かなかった。

話を聞いて、すぐ駆けつけてくるかと思っていた自分が空《むな》しかった。

みんな、自分の家族を持っている。——それを放《ほう》り出して来いとは言えない。

そうと分っていても、体の力が抜けてしまって、矢市郎はしばらく立ち上ることもできなかった……。

3　掃除人

小柄《こがら》な身にはいささか大き過ぎる鞄《かばん》をさげて、爽香が〈G興産〉のビルを出ようとしたとき、入れ違いに入って来たのが麻生賢一だった。

「あ、杉原さん、お出かけですか」

「うん。麻生君、外出してたの？」

「荷物運びです。何しろ力仕事以外はあんまり役に立つところがなくて」

「ご苦労様」

と、爽香は笑って行きかけたが——。

ふと振り向くと、

「麻生君。もし出かけられるようなら、一緒に来て」

と、声をかけた。

「え？　いいんですか？」

「仕事、大丈夫？　一応上司に断《ことわ》って来て。社長の命令だと言って」

「はい！　一分で戻ります！」

どういうわけかよく分らないが、爽香の秘書になりたいらしいこの青年、張り切ってエレベーターの方へ駆け出し、とたんに足を滑《すべ》らせて引っくり返った。

爽香はふき出してしまった。

——一旦は「自分専用の秘書」を断った爽香だったが、いずれ必要になることは予想できた。それなら、少しでも状況を分らせておきたいと思ったのである。

一分では無理だったが、五分としない内に麻生は戻って来て、

「許可を得て来ました！」

「じゃ、行きましょう」

外へ出ると、メッセンジャーの仕事をしている荻原里美《おぎわらさとみ》が、足どりも軽く戻って来た。

「あ、爽香さん！」

「まあ、里美ちゃん。一郎《いちろう》君、元気？」

「はい！　最近、私のこと『カアタン』って呼ぶんで、困っちゃう。『お姉ちゃんだ！』って言ってやるんだけど」

と笑って、「この間、おつかいの新記録作って、課長さんからごほうびだって、バッグもらいました」

「まあ、凄《すご》いわね。頑張って」

「はい！　それじゃ」

　里美は小走りにビルの中へ入って行く。

「あの子、〈飛脚《ひきやく》ちゃん〉ですね」

　と、麻生が言った。

「そう。よく働くわ」

「今――十八くらいでしょ。弟を育ててるって聞きました」

「母親が殺されてしまったの。で、高校をやめて働くことに……」

「杉原さんが面倒《めんどう》をみてあげたって」

「手助けしただけよ。本人が明るくてめげない子だから……」

　里美の母親が殺された事件には、爽香も少なからず係《かかわ》ったが、その心の傷から立ち直ったのは、里美自身の力だ。

「さ、行くわよ」

　と、爽香は促した。

　――電車の中で、爽香は説明した。

「これから行く所は、今度の〈レインボー・プロジェクト〉の最終的な建設予定地の一つなの。大部分の土地は一人の地主が持ってるんだけど、何軒か個人の住宅があって、そこの一軒を訪ねて感触を見るの」

「はい」

「もちろん、あくまで候補地の一つ、という前提で話をするから。あなたは黙って聞いてて」

「分りました」

麻生は緊張の面持《おもも》ち。

――爽《さわ》やかな午後だった。

電車の窓から、高校のグラウンドで野球の練習をしている男の子たちが見える。

電車を乗り継いで約一時間。

タクシーを使っても、田端は何も言うまいが、交通の便《べん》も重要な要素の一つだ。駅からの距離、途中、どんな店があるか。寂しい道かどうか……。

すべて自分の目と足で確かめる。それも、六十過ぎた入居者の気持になって、である。

「――緑が多いですね」

と、麻生は歩きながら言った。

「そうね。街灯が少ない。夜道は暗いかも」

爽香はメモを取った。「訪ねるのは、門倉矢市郎さんのお宅。――約束は取れてないから、会えないかもしれない」

「留守なんですか？」

「何度か電話したけど、誰も出ないの。ともかく行ってみましょ。――そこかな」

この辺は何度も来ているが、裏手に当る門倉という男の家は初めてだった。

「新聞が……」

と、麻生が言った。

いやな予感がする。——新聞が何日分か玄関の新聞受に押し込んであり、さらにこぼれて外に落ちている。

急に留守にして連絡していないのか。まさか、家の中で倒れているわけではないだろうが。

確か、門倉矢市郎は七十六。奥さんは七十だったか。老人同士の暮しで、何かあったのでなければいいのだが、と爽香は思った。

ともかく、チャイムを何度か鳴らしてみた。しばらく待ったが、応答も何らかの反応もない。

「——何だか心配ですね。どうしましょう」

「そうね……」

〈Pハウス〉にいた経験で、爽香は老人同士の暮しをよく分っている。

二、三歩退《さ》がって家の様子をみると、一応カーテンは開けてある。

新聞も、量が多く見えるが、折り込み広告が沢山《たくさん》入っているので、せいぜい三日分の朝夕刊くらいだ。

微妙なところである。むろん、取り越《とこ》し苦労《ぐろう》でも、手を打って悪いことはない。

爽香はケータイを取り出して、門倉の番号へかけてみた。

耳を澄《す》ませば、中で電話が鳴っているのが分る。

すると、そのとき、

「何か用か」

と、背後で声がした。

振り向くと、疲れて不機嫌そうな老人が、両手に大きな紙袋をさげて立っている。

「門倉さんでいらっしゃいますね」

爽香はホッとして、「お留守かと……」

「何の用だ。今は何か買うような気分じゃない。帰ってくれ」

話すのも面倒、という様子。――爽香は、老人がひどく疲れて苛立《いらだ》っているのを見てとった。

「はい、改《あらた》めてお伺《うかが》いします。――〈G興産〉の杉原と申します」

名刺を渡しても、老人は両手がふさがっている。「荷物、お持ちしましょう。鍵《かぎ》をお開けになる間。――麻生君、新聞を拾って」

「はい！」

相手がブツブツ言う前に、素早《すばや》く行動する。――爽香はそういう点、慣れていた。

門倉は、ちょっと面食《めんく》らっていたが、鍵を取り出して玄関を開けた。

鍵穴へ鍵を差し込むのに、かなり苦労している。目が悪くなっているのだろう。

「――ありがとう。その辺に置いてくれ」

玄関へ入ると、門倉は言った。

玄関の上《あが》り口《くち》に、取り出したままの新聞が山になっていた。

爽香は、家の中にこもっている匂いで、食べた後の食器や容器が片付けないままになっていると察した。

「お一人でいらっしゃるんですか」

と、爽香は訊いた。「差し出がましいことをお訊きしてすみません。お邪魔《じゃま》なら、すぐ引き上げますが」

門倉はふしぎそうに爽香を見て、

「あんたは誰だね」

と言った。

爽香が〈レインボー・プロジェクト〉のことを手短《てみじか》に説明すると、

「――ああ、何かそんな話があったな」

と、門倉は首を振って、「すまん。女房が突然倒れてな。もう半月――いやそれ以上かな。よく分らん。ずっと入院しているんだ。すっかり他のことは忘れてしまってな」

「そんなことは構《かま》わないんです。じゃ、お一人で」

「うん。娘も遠くにいるのでな」

爽香は肯いて、

「門倉さん、もしよろしければ、お家の中を掃除させていただけませんか」

「何だって？」

「仕事とは関係ありません。ただ、こういうことをするのが好きなので。ゴミ出しやお掃除をさせていただけると嬉《うれ》しいんです」

「しかし、赤の他人のあんたに……」

「こうして今日お目にかかれたのは何かのご縁です。おいやでなかったら、ぜひやらせて下さい」

爽香の言葉に、門倉は思いがけず笑った。人なつこい笑顔だった。

「――じゃあ、お願いしようか。いや、ゴミ出しの日にも、くたびれて朝起きられんのだ。おかげですっかりゴミがたまってしまった」

「お任せ下さい」

爽香は麻生の方へ、「近くのコンビニかスーパーで、ゴミ出し用の大きい袋を買って来て」と言いつけた。

「はい！」

麻生は張り切って飛び出して行った。

「――お邪魔します」

爽香は家の中へ上ると、居間と台所をザッと見て、

「おやすみになっているお部屋も拝見していいでしょうか」

と訊いた。

「ああ、この奥だ」

思った通り、覗《のぞ》いてみると布団が敷きっ放しの状態。

日の当っている内に、爽香は敷布団とかけ布団を庭先の紐《ひも》にかけて干した。

「病院からお持ちになったのは洗濯物ですか？」

「うん……。まあ、たまると洗濯機に放り込んでいるが……」

爽香は洗濯機と乾燥機を拭《ふ》いてから、ちょうどスーパーから戻って来た麻生に、

「悪いけどもう一度スーパーへ行って、この洗剤を買って来て。他にもこれだけ」

と、メモして渡す。

「何度でも行きます！」

自分でも役に立つと分って嬉しいのか、麻生は張り切って出て行った。

「——私、ずっと仕事で高齢の方のお世話をして来たんで、慣れてます。何でもおっしゃって下さいね」

と、爽香は言って、台所にたまったゴミをきちんと分けてゴミ袋に入れて行った。

たちまち大きな袋が四つもできて、

「掃除機をお借りします」

「うん……。そこの戸棚だ」

掃除機にたまった埃《ほこり》も捨てていない。爽香はフィルターの替えを見付けると、交換して、掃除機そのものをまずきれいにした。

麻生が戻ったので、爽香は、

「君、掃除機かけて」

と、命令した。

「はい！」

麻生は上着を脱いで、ワイシャツの腕をまくると、張り切って掃除機をかけ始めた。

「麻生君！　床を削《けず》らないでよ！」

あまりの力の入れように、爽香は思わずそう言っていた。

「――門倉さん。お洗濯をさせていただいてよろしいですか」

と、爽香は言った。

老人の世話を「してやる」という気持でいると、老人にもプライドや誇《ほこ》りがあり、自分や妻の下着を他人にいじられたくないと思う人もいることを忘れてしまう。

門倉は、しかし爽香の働きぶりに、押し付けがましさがないことを、素直に受け止めていた。

「他人のあんたに申しわけないが、ここまでやっていただいたんだ。お願いしよう」

「かしこまりました。――本当に気になさらずに」

爽香は洗濯物が、たっぷり三回分洗濯機を回すだけたまっていると見てとった。物によって分け、肌への刺激の少ない洗剤を使って、結局四回回した。

しかし、乾燥機は時間がかかる。二回に分け、一回分回している間に、各部屋と廊下、お風呂場まで、ていねいに掃除した。

麻生は、その間、「カビ取りスプレー」だの「ウェットティシュー」などを買いに、スーパーへ二回走った。

爽香の、きびきびとして手際《てぎわ》のよい仕事ぶりに、初めの内は、

「もうそれくらいでいいから」

と言っていた門倉も、見とれて何も言わなくなった。

そして、居間のソファで爽香の働きぶりを眺《なが》めている内、いつしか眠ってしまっていた。

「――これでよし、と」

爽香は額《ひたい》の汗を拭《ぬぐ》った。

もう三時間近くもコマネズミのように働いていた。

「杉原さん。――門倉さん、眠っちゃいましたよ」

「うん。そっとしておきましょ。くたびれてるのよ」

「そうでしょうね」

爽香は冷蔵庫を覗いて、中がほとんど空なのを見ると、

「あって困らないお茶とか漬物《つけもの》を少し買って来ておくわ。私、スーパーへ行ってくる。麻生君、ここにいて」

「はい」

「スーパー、どの辺？」

「あ、この前の道を右へ真直《まっす》ぐ行くと、じきです」

「分ったわ。戻ってくれば、乾燥も終ってるだろうし。――じゃ、すぐ戻るわ」

「はい」

麻生は、爽香が足早《あしばや》に出かけて行くと、首を振って呟いた。

「――よく働く人だなあ！」

そして、自分は居間のカーペットに腰をおろして、深い寝息をたてている門倉老人を眺めていたが……。

――買物から戻った爽香は、カーペットの上で大の字になってグーグー眠っている麻生を見て、笑いをかみ殺したのだった。

4　未来は……

「麻生から聞いたよ」

田端将夫は、爽香の顔を見るなり言った。

「申しわけありません。肝心《かんじん》の話を全然しないで帰って来ました」

「なに、それでいい。こういう仕事は、誰もが納得してくれて、気持よく進めないと」

田端は面白がっている様子で、「麻生の奴、ますます君に心服《しんぷく》して、『ぜひ家来になりたい』と言っていたぞ」

「私、桃太郎じゃないんですから。きび団子も持ち合せていませんし」

爽香は、田端の車に乗っていた。

「――社長、どこへ行くんですか？　早くお帰りにならないと」

「帰るよ。君を降《お》ろしてから」

「え？」

――車は、爽香も二、三度田端のお供《とも》をして来たことのあるフレンチレストランの前で停《とま》ると、「君に何か話があるってさ。じゃ、僕はこれで」

と、田端は爽香を一人で降ろして、

「中でお袋が待ってる」

と、

「あの、社長――」

爽香はアッという間に見えなくなる田端の車を見送って、「呆れた……」

と呟いた。

仕方ない。田端将夫の母、田端真保《まほ》は、どういうわけか爽香を気に入っている。誘いを断るわけにはいかなかった。

レストランへ入ると、爽香はもっと驚くことになった。

真保と一緒のテーブルに、何と明男がいたのだ。

「明男、何してるの？」

と、目を丸くする爽香へ、

「私がお誘いしたのよ。さあ、かけて」

と、田端真保が言った。

明男はネクタイをして、慣れないシャンパンなど飲んでいた。

「今日は大活躍だったんですって？」

真保が愉快《ゆかい》そうに言った。

「あんまり主人の前で言わないで下さい。うちじゃ、ちっともやらないのに、って言われそう」

「でも、あなたのそういうところが、人から信頼されるのよ」

「恐れ入ります。でも、今夜は？　私の大掃除を記念してのお食事ですか」

「違うわ。ご主人までお招《よ》びしたのはね、これからあなたがどんどん忙しくなっていくことを、ご主人にも納得しておいていただきたかったの。——さ、ともかく乾杯しましょ」

爽香は、いささか照れくさい気分で、明男とシャンパンのグラスを触れ合せた。

食事をしながら、爽香は言った。

「——お孫さんのお相手もなさるんですか？」

「たまにはね。もちろん可愛《かわい》いけど、私はまだ孫の面倒をみてるだけのおばあちゃんにはなりたくないの」

と、真保は言った。

確かに、そういう役回りはこの人に似合わない、と爽香は思った。

真保は息子と共に〈G興産〉の経営に参加している。時に、目先の利益をどうしても追いがちな社長に対して、「長い目で見て」と意見を言うのは真保の役だ。

あるアメリカの企業との提携《ていけい》が話題になったとき、息子の方は乗り気だったが、真保が、

「ああいう急成長した会社は危い」

と反対した。

結局、〈G興産〉の同業者が提携相手になり、初めは大成功ともてはやされ、田端もブツブツ言っていたのだが、わずか一年後、そのアメリカ企業が突然倒産、提携していた日本の企業は投資した分の負債を抱えて本体の経営まで危《あや》うくなっている。

田端は、

「お袋には参《まい》った」

と、苦笑するだけだった……。

「――これからは、どの会社が伸び、どこがだめになるか、実績だけでは判断できない時代になるわ」

と、真保は言った。「将夫は、どうしても安全第一でやっていくようになる。大勢《おおぜい》の社員を抱えて、仕方のないことだけどね。特に子供ができると、会社を潰《つぶ》すわけにはいかないと考えるし。そのときに女の直感がものをいうの。杉原さん、あなたにはそういう才能があると私は思ってるのよ」

爽香はいささか焦《あせ》って、

「あの――私は〈レインボー・プロジェクト〉のために〈G興産〉へ呼ばれたんですから……」

「もちろん当面はね。でも、私はその先を見てるの。あなたには、将夫のお目付役になってほしい」

「買いかぶりすぎです。それに、私、子供だってほしいですし――」

「ああ、もちろんよ。子育ては経営のための最高の勉強。愛情を持って、でも見る目を曇《くも》らせない。我が子は会社と同じ」

「はあ……」

「どうなの？　今、もう何か月とか？」

「いえ、そういうわけじゃ――。このプロジェクトが終らないと、とてもそんな余裕は……」

「あなたらしくもない。一つ終れば、すぐ次が控えてる。仕事ってそういうものよ。分ってるでしょ」

「それはまあ……」

「プロジェクトの最中だって平気よ。出産のための休みはしっかり取って、仕事に戻ったら、ちゃんとやっていけるように体勢を整《ととの》えるから」

――爽香は、この人には何を言ってもむだだ、と思った……。

「――あ、爽香さん！」

デザートを食べているとき、急にそう呼ばれてびっくりした。

一瞬目のさめるような可愛い少女が爽香の方へやってくる。

「――春子《はるこ》ちゃん？」

爽香は目を丸くして、「まあ、誰かと思った」

亡くなったバリトン歌手、喜美原治《きみはらおさむ》の娘、春子である。〈Pハウス〉にいる大女優、栗崎英子《くりさきひでこ》が「見込みがある」と言って、旧知のプロダクション社長、江戸《えど》に預けたのだ。

「これはどうも」

当の江戸が挨拶《あいさつ》に来た。

「春子ちゃん、お仕事ですか？」

「取りあえず、広告とモデルの仕事で。演技や歌は、まだ人さまの前に出せるレベルではないので」

と、江戸は言った。「今日は、この子をＣＭに使いたいという広告会社の方とお会いすることになりまして」

「それはおめでとう。――ご紹介します」

爽香が春子を真保へ紹介した。

「爽香さんから聞いたわ。喜美原さんは本当にすてきな声を持ってらしたわね」

「ありがとうございます」

「今、いくつ？　十六？　――まあ、もう充分輝《かがや》いてるわね」

そこへ、春子たちと待ち合せている広告会社の人間から、レストランへ「一時間遅れる」と連絡があった。

「──仕方ない。何か飲んで待っていよう」

と、江戸が言った。「では、お食事中お邪魔しました」

「お待ちなさい」

と、真保は言った。「仕事の上での約束に一時間も遅れるなんて失礼です。待つ必要はありませんよ。そんないい加減《かげん》な所と仕事しても、いいものにはなりません」

「はあ……」

江戸は呆気《あっけ》に取られている。「しかし、この子はなにぶん新人で──」

「新人だからこそ、安売りしてはだめなの。どこの広告会社？　──ああ、そこならよく知ってるわ。私が社長へ言ってあげます。ここで一緒にデザートでも食べましょ。賭《か》けてもいいわ。その相手、一時間たったら、『今夜は用ができて行けない』って言ってくるわよ」

結局、真保はここでも正しかったのである……。


東京へ行って来たいの。

──そのひと言を口に出すのに、一体何度ためらったことだろう。

幸代は、夕食の後、TVのスポーツニュースを見ていた夫が、ひいきの球団が勝って上機嫌なのを見て言った。

「東京へ行って来たいんだけど……」

中堀洋介は、TVの方に気を取られていて、ほとんど上《うわ》の空《そら》。

「ふーん」

と呟いて、「——東京って言ったのか?」

「母の見舞いに。それと父の様子も心配だし」

と、幸代は言った。

とたんに夫の顔が歪《ゆが》む。

「子供たちはどうするんだ」

「今度の土日で行って来たいの。土曜日の朝だけ学校と幼稚園を——」

「俺に、朝の七時に起きろっていうのか。たまの休みに」

「無理なら、朝は私が行かせるから、幼稚園のお迎えだけお願い。それから出かけたら、東京に着くのが夜になっちゃう」

「幼稚園のお迎え? 奥さんたちが大勢来てるところへ、俺一人で行くのか。みっともない!」

「でも、母が倒れてるんですもの」

「二人を連れてけ。義父《とう》さんだって喜ぶだろ」

夫の言葉を、幸代は絶望的な気分で聞いた。

父は、入院している母のそばについているのだ。疲れているだろうし、食べることも何も、すべて一人でやらなくてはならない。

母が突然いなくなった家の中がどんな状態か、幸代には想像がついた。

夫には、そんなことも分らないのだろうか？

「連れて行ったら、二人の面倒みるだけで何もできないわ。お願い、一日だけだから」

「日曜日だって、帰りは遅いんだろ。俺は働いてて疲れてるんだ。土曜日曜、子供の相手してたら、ちっとも体が休まらない」

あなたの子でしょ！——幸代はそう叫びたかった。

しかし、一旦怒らせてしまうと、中堀は抑えがきかない。幸代を殴るだけではなく、子供たちにも手を上げるのだ。

仕方ない。——幸代はため息をつくと、

「じゃ、二人を連れて行きます。飛行機なら、そうかからないし」

中堀は初めて費用のことに気付いたようで、

「飛行機か。——金がかかるな。信吾《しんご》さんに頼めばいいじゃないか。東京にいるんだし」

「兄さんは、そんなことしてくれないわ。父と仲《なか》が悪いし。それに宣子《のぶこ》さんは父の身の周りのことなんて……」

「しかし、あそこは大《たい》したもんじゃないか。ちゃんと自分の家も持ってるし、別荘まである」

幸代は、何とか話を打ち切りたかった。

「ともかく、一度でも母の顔を見たいの。――二人を連れて行くから。いいでしょ?」

「意識もないのに、会ってどうするんだ」

夫の言葉に、幸代の目には涙がにじんだ。

この人には人間らしい感情がないのだろうか。いつ死ぬかもしれない母親の手を握ってやりたいという思いが、分らないのか。

中堀は肩をすくめて、

「ま、行って来い」

と言った。

幸代は肯くと、

「じゃ、明日飛行機を予約するわ」

と言って立ち上った。

洗面所へ行って、そっと涙を拭く。

電話が鳴った。あわてて駆けて行く。

「――はい、中堀です」

母の容態《ようだい》が、とドキッとする。

「幸代か、俺だ」

「あ、お兄さん」

たった今、話の出ていた兄、門倉信吾である。

「お袋のことだけど」

「聞いた?」

「ああ」

「見舞《みまい》に行った?」

「いや、忙しくてな、ここんとこ」

「そう。私、今度の週末に行くわ」

「じゃ、何かあったら知らせてくれ」

「でも——何か用だったんじゃないの?」

「親父の様子、どうかと思ってさ」

「私も電話で話すだけだもの」

「そうだな。会ったらよろしく言ってくれ。向うは何も言わないだろうけどな」

「ええ。——それだけ?」

少し間があって、

「お前、親父の遺言状って見たことあるか」

「お父さんの遺言状? 知らないわ。そんなものあるの?」

「知らなきゃいいんだ。じゃ」

電話は切れてしまった。

父の遺言状？　今入院しているのは母なのに。

受話器を置くと、夫が顔を出して、

「遺言状って何のことだ」

「知らないわ。兄がそんなことを……」

そして幸代は初めて気付いた。

兄は「母の死」より「父の死」に関心があるのだ。——父が土地と家を持っているから。

母が死んだら、父もがっくり来て死ぬかもしれない。

兄はそれを待っているのだ。

幸代は身震《みぶる》いした。

5 父と娘

「おじいちゃん」

その女の子がおずおずと言うのを聞いて、門倉矢市郎は一瞬自分が夢でも見ているのかと思った。

しかし、病院の廊下に立つその女の子は、確かに矢市郎の記憶の中より、ぐんと背が伸びてはいたが、その顔立ちは五つのころとあまり変っていない。

そして、その女の子の向うには、小さな男の子の手を引いて、笑顔で立っている我が子《わ》、幸代の姿が見えたのだ。

「信乃か」

矢市郎は両手を広げて、「おいで。大きくなったな」

と言った。

しかし、信乃も七つ。おじいちゃんの腕の中へ駆けて行くには、少し恥ずかしい気持が先に立つようで、赤くなりながら、

「こんにちは」

と言った。

矢市郎は笑って、

「こんにちは、か。もう赤ん坊じゃなくなったんだな」

と、自分の方が歩み寄って、孫の頭をなでた。「——いつ来たんだ」

と、幸代の方へ訊く。

「今日、飛行機で」

「そうか」

「週末で、座席が取れるかどうか、はっきりしなかったの。連絡しなくてごめんなさい」

と、幸代は言ってから、「——ごめんなさいね」

と、もう一度言った。

なかなか母の見舞に来られなかったことへ詫《わ》びているのだ。

「謝《あやま》ることなんかない。——博志か。もう幼稚園だったな」

と、母親の後ろに隠れて、こわごわ「見知らぬ人」を覗いている男の子に笑いかけた。「おじいちゃんのこと、憶えてないだろう」

「まだ二つだったものね、この前は」

「遠くから、よく来たな」

矢市郎は膝《ひざ》をついて、孫と顔を合わせた。

「おじいちゃん」

と、信乃が言った。「おばあちゃん、病気？」

「うん、そうなんだ」

矢市郎は立ち上った。「ずっと眠ったままなんだ。お前たちで呼んでみてくれ」

矢市郎は時計を見て、

「もう六時半か。——お腹《なか》が空《す》いたろ？　この病院の上の階に食堂がある。何でもあるぞ。食べて行くか」

「そうするわ」

と、幸代は言った。「お腹が空いた、ってさっきから言ってるの」

「じゃあ、先に食べに行こう。おばあちゃんは寝てるから、後でも大丈夫」

「私、顔だけでも見て来るわ」

と、幸代は言った。

「じゃあ、俺が二人を連れて先に行ってるよ。エレベーターで一番上の階だ」

「分ったわ。信乃、博志の手を引いてやってね」

「うん」

お姉ちゃんらしさが身について来た信乃は、母親から離されて不満気《ふまんげ》な弟の手を引いて、矢市郎と一緒にエレベーターへと向った。

幸代は、母のいる病室の前で、足を止めた。

——怖かった。

そのとき、矢市郎が振り返って、

「幸代。お前、荷物は？」

と訊いた。

「家に寄ってから来たの。荷物は置いて来たわ。鍵は持ってるもの」

「ああ、そうか」

と、矢市郎は肯いた。

その会話が、幸代を縛《しば》っていた緊張感の縄をハラリと落とした。

幸代は病室のドアを開け、矢市郎はエレベーターの上《のぼ》りボタンを押しながら、

「二人は何が好きかな？」

と訊いていた。

格別《かくべつ》おいしいというわけではないと思うが、二人の孫は、注文した定食が来ると、せっせと食べ始めた。

矢市郎も、温《あたたか》いそばを食べた。

——幸代がやって来る。

ハンカチで目を拭っているが、そうひどく泣いたわけでもないようだ。

「——大丈夫か」

「ええ。——おいしい？　そう、良かったわね」

「お前も何か頼め」

「ええ。——セルフサービスとかじゃなくって、ちゃんとしたレストランなのね」

「業者が入ってるんだ。味は値段相応《そうおう》ってとこかな」

幸代は注文をすませて、ハンカチをバッグへしまった。

「ショックだろう」

と、矢市郎は言った。「あの様子の母さんを見たとき、天地が引っくり返ったような気がした。こんなことが起るはずはない、ってな。慣れてきたのは、ごく最近だ」

「確かにね。あんなに元気だったお母さんが……」

と言いかけて、「でも、現実を受け容《い》れなくちゃね」

「担当の医者に紹介する。今夜は宿直《しゆくちよく》だと言ってたから」

「話を聞くわ」

幸代はお茶を一口《ひとくち》飲んだ。「——家へ寄って、びっくりしたわ。お父さん一人でいるっていうから、どんなにひどくなってるかと覚悟して中へ入ったの」

「そうだろうな」

「あんなにきれいになってて、下着もきちんとたたんでしまってある。——あれは女の人の手でしょ。誰がやってくれたの？」

「それがな、面白い女の人がいて、どうしても掃除をしたいと言い出したんだ」

矢市郎が微笑んで、「奇特《きとく》な女性」のことを説明した。

「じゃ、その老人ホームを建てる会社の人が？」

幸代は呆れて、「でも、あれって、ちょっと手伝ってくれてるって範囲じゃないわ」

「ああ、自分でも言ってた。一旦始めると、とことんやらないと気がすまないんだと。性格なんだろうな」

「そう……」

幸代の表情に、ふと心配げな影が射《さ》したのを、矢市郎は見逃さなかった。

「心配するな」

「え？」

「その女の人に、何か下心《したごころ》があるんじゃないかと思ってるんだろ？　俺も、これだけ年齢を取って来て、人を見る目はあるつもりだ。欲得《よくとく》ずくで、あれだけやれるもんじゃない。——お前も会ってみれば分るよ」

幸代はちょっと笑って、

「そんな風《ふう》に見えた？　主人に影響されてるのかしら、私も」

矢市郎は、食べることに熱中している二人の孫へチラッと目をやり、少し小声になって、

「大丈夫なのか、お前」

と言った。「疲れた顔をしてるぞ」

「だって、疲れてるもの。生活にも、夫にも。でも、この子たちには父親だし」

少し冗談めかして言おうとしたが、冗談になり切らなかった。

矢市郎は、娘の目に新たな涙が浮かんでいるのに気付いた。

「——母さんが話相手になってくれりゃな」

「意識が戻ってくれたら……。難しいの？」

「どうかな。奇跡でも起らんと」

幸代の頼んだ定食が来たが、すぐには手が出ない。

「食べろ。——お前まで倒れたりしたら、大変だ。子供たちのためにも、元気でいなきゃ」

「うん」

と、幸代は肯いて、割りばしを割った。

「いつ、帰るんだ？」

「——明日。学校、休ませるわけにいかないし」

「そうだろうな。いや、いいんだ。ただ、お前が疲れるだろうと思ってな」

「母親のことですもの。――おいしいわ、ミソ汁が」

ミソ汁の熱さが、幸代の胸にしみ込む。

「ママ、アイス食べたい」

と、博志が言った。

「アイスか？　じゃ、頼もう」

と、矢市郎はウェイトレスを呼んだ。


「困ったわ、こんな……」

と、幸代はため息をついた。「お医者さんの話を聞くにも……」

「仕方ないさ。子供は子供の都合がある」

と、矢市郎が言った。「重いだろう。俺が抱っこしていよう」

「でも、重いわよ。もう」

――やはり、子供は子供なりに、飛行機の旅や、病院の雰囲気で疲れていたのだろう。そこへたっぷりご飯を食べて、二人とも眠くなってしまったのだ。

信乃は長椅子《いす》で欠伸《あくび》を連発しているし、博志は幸代の腕の中で完全に眠ってしまっている。

四歳の男の子はずっしりと重い。

病室の前で、どうしたものか、幸代は迷っていた。

「今夜はこのまま帰りましょうか。明日、早く来るわ。飛行機の時間があるから、そう長くはいられないけど」

と、幸代が言ったとき、矢市郎の顔に嬉しそうな笑みが浮かんだ。

「──今晩は、門倉さん」

と、廊下をやって来たスーツ姿のメガネの女性──。

「やあ、わざわざ来てくれたのかね」

「ちょうど、この病院の前を通りかかったんです」

「娘の幸代だ。──こちらが杉原爽香さん」

「ああ！　父の世話を、ありがとうございます」

と、幸代は言った。「私、なかなか来られなくて」

「高松にお住《すま》いでしたよね。じゃ、出ていらしたんですか」

「子連れなもので、一泊で帰らなきゃいけないんですけど。でも、父の身の周りのこと、あんなにやって下さって、本当に助かりました。今夜は夜中にお掃除しなきゃいけないかと思っていましたけど」

「あれは趣味で、やらせていただいてるんです。──もう、お帰りですか」

と、爽香は矢市郎に訊いた。

「担当医がいるので、ゆっくり話したいんだが、孫たちがこの状態でな」

と、矢市郎が笑って言った。

「私、抱っこしてますよ。どうぞ、任《まか》せて下さい。——そちらのお姉ちゃんは椅子で寝てるでしょうから」

「でも……」

「大丈夫です。——明男」

爽香は、廊下の離れた所で待っていた明男を手招《てまね》きした。「主人です。——ね、この坊っちゃん、抱っこしてて」

「うん」

「でも、そんなこと……」

「ご心配なく。主人は運送屋で、重いものに慣れてますから。——荷物じゃないから、ていねいにね」

「分ってるよ。——さ、どうぞ」

「すみません……」

幸代はぐったりと寝入っている博志を明男に渡した。

「そこのソファの所にいますから、ゆっくり話してらして下さい」

と、爽香は言った。

「すまんね」

「いいえ」

――幸代は、父と一緒にナースステーションの方へ歩きながら、

「お父さんの言う意味が分ったわ」

「そうだろう?」

「いい人ね。――ご主人まで、あんなことを」

ああいう夫も、世の中にはいるのだ。

そう思っても、口には出せなかった。

担当の医師を呼んでもらい、幸代は母の状態を詳しく聞いた。

それから病室へ戻って、しばらく母の手をじっと握って過《す》ごした。

休憩所で待つ爽香たちのところへ戻ったとき、信乃も爽香にもたれてぐっすりと眠っていた。

「――ありがとうございました」

と、幸代が頭を下げ、「父と二人で抱いて帰りますから」

「僕ら、車なんです。お送りしますよ」

と、明男が言った。

「車は中古でオンボロですけど、商売で運転してますから、腕は確かです」

「いや、そこまで甘えるわけには……」

「腰でも痛められたら、奥様をどなたがみるんです?」

爽香にそう言われると、矢市郎もそれ以上辞退できない。

「ありがとう」

と、矢市郎は深々《ふかぶか》と頭を下げた。

――病院を出ると雨になっていて、爽香が、

「雨漏《あまも》りはしませんから」

と言った中古車でも、大《おお》いに役立った。

「――本当に助かったわね」

家に着き、玄関で二人の子供の靴を脱がしながら、幸代が言った。

「布団《ふとん》を敷くか」

「お願い。一つの布団で二人寝かせるから。どうせ朝まで起きないわ」

幸代は、信乃が目を覚ましたので、「着替えて。寝るのよ」

「お風呂は?」

「眠いでしょ?」

「でも、入りたい」

信乃は風呂好きなのだ。

「じゃ、少し待ってて。――博志を寝かしちゃうから」

「うん……」

信乃は目をこすった。

そのとき、玄関のドアを叩《たた》く音がして、幸代はびっくりした。

「——幸代、俺だ」

兄、門倉信吾の声だった。

「お兄さん？」

鍵をあけると、兄が入って来る。

「少し前に車で来たんだが、誰もいないんで待ってたんだ。——誰なんだ、今の車？」

矢市郎が玄関へ戻って来た。

「信吾か」

「やあ、久しぶり」

と、信吾は上って、「今日は幸代が来ると言ってたんでね」

「そうか」

「母さんの具合《ぐあい》は？」

信吾は、ネクタイを緩《ゆる》めて、「ビールは冷えてるか？」とでも訊くような口調で、訊いた
……。

6 砂時計

「お母さん」

部屋の入口から声をかけられるまで、布子《きぬこ》は全く気付かなかった。

「びっくりした！　まだ起きてたの？」

と、布子は振り向いて、「もう寝なさい。遅いでしょ」

「うん」

爽子《さわこ》はパジャマ姿である。

「あら。——もう短くなった？」

と、布子は机の前から立つと、「背が伸《の》びるの、早いわね！」

爽子も、もう十歳である。あと三、四年したら、布子を追い越してしまうだろう。

「ねえ、お母さん。お願い」

「何？」

「私、ヴァイオリン習いたい」

「ヴァイオリン?」

布子は思わず訊き返していた。「どうして急に……」

「やりたいの」

と、爽子は言った。

布子は後悔した。——子供は、「何かをしたい」と思っても、その理由をきちんと理屈をつけて説明することなどできない。

いや、大人だって、突然「絵を描きたい」とか「山に行きたい」と思うことがあるが、そのわけを説明できるとは限らない。

しかし、説明できないからといって、その気持が嘘《うそ》だというわけではないのだ。

分っていても、つい我が子には「どうして」と訊いてしまう自分が情《なさけ》ない。

先週、布子は古い友人から、

「急な仕事で行けなくなった」

と、オーケストラのコンサートのチケットを二枚もらった。

かなり名の知れたオーケストラで、安くない。もったいないので、爽子に、

「行く?」

と訊いてみた。

爽子には、六歳からピアノを習わせている。

特別の天才を発揮《はっき》しているわけではないが、一応当人もピアノが嫌いでないようで、言われなくても一日二十分くらいはピアノに向っていた。

コンサートのプログラムに「ピアノ協奏曲」が入っていたせいか、爽子は、

「行く」

と肯いた。

当日、オーケストラは大変な熱演で、お義理でない拍手がホールを埋《う》めた。爽子もせっせと拍手していたのだが――。

「あのオーケストラみたいに、弾いてみたいの?」

と、布子は訊いた。

「うん。――みんなで弾ける」

爽子の言うことも分る気がした。

ピアノは基本的に独奏楽器である。もちろん、室内楽などで弦楽器と合《あわ》せることはあるが、ソロで弾き、ソロで練習することがほとんどだ。

それに比べて、ヴァイオリン、ヴィオラ、チェロといった弦楽器は、もともと合奏のためのものだ。ピアノなしでヴァイオリンが独奏する場合は、わざわざ「無伴奏」という言葉をつける。

コンサートの帰り道、爽子が、

「オーケストラにはピアノって入れるの？」

と訊いたことを、布子は思い出した。

ピアノは本来オーケストラの一員ではない。

それを聞いて、爽子は、

「ふーん」

と言っただけだった。

「みんなと一緒に弾きたいの？」

「うん」

爽子は、どちらかというと内向的な子だ。小さいころから、「我《が》」を通すよりも自分が我慢してしまう。

その傾向は、弟の達郎《たつろう》ができると、さらに強くなった。

布子にはそれがよく分っていたので、姉弟でケンカすることがあっても、

「お姉ちゃんだから我慢《がまん》しなさい」

という言い方はしないようにつとめて来た。

爽子の性格から、一人で弾くピアノよりも、ヴァイオリンで合奏することの方に向いているかもしれない、という気がした。

「——ヴァイオリンね。いいわ。じゃお母さんがいい先生を捜してあげる」

爽子はホッとしたように笑顔になって、

「ありがとう！」

と言った。

「でも、今はちゃんとピアノの練習をするのよ」

「うん」

「もう寝なさい」

「おやすみ」

「おやすみなさい」

爽子は行きかけて、

「——お父さん、あの人の所？」

と言った。

机に向いかけていた布子は、振り返って、

「今、事件で忙しいって言ってたでしょ。今夜は捜査本部で泊《とま》りよ」

爽子は、納得した風ではなかったが、そのまま行ってしまった。

布子は、机に向った。

勤務しているM女子学院中学校は、独自の教材を色々使って授業をする。教師としては、教材を自分で用意したりするので大変だが、以前の学校に比べ、雑用を専門の職員に任せられるので、むしろ時間的には楽《らく》だった。

忙しくても、それが教育そのもののためなら苦《く》にならない。――教師とは、そんなものだ。

パソコンのキーボードを叩き始めて、続けざまにミスをした。

ちょっと息をつく。――今の爽子の言葉で動揺している。

あの人の所。

――爽子はもう小さな子供ではない。適当にごまかすことはできなかった。

夫、河村太郎《かわむらたろう》との間に女の子をもうけていた、早川志乃《はやかわしの》。その子の名があかねだということも、布子は聞いた。

早川志乃と直接会ってはいない。会って話し合っても、空しいだろうという気がした。

夫の子であることは、布子も疑《うたが》っていなかった。結局、あかねを認知し、河村と志乃は「内縁関係」ということになった。

このままでいいとは思っていない。しかし、あかねはまだ赤ん坊だ。

早川志乃は、あかねを保育園に預《あず》けて働ける所を捜していた。

「できる限り、自分の力でやっていきます」

河村が預かって来た、布子宛《あて》の志乃の手紙の一節である。

その言葉に嘘はないだろう。――妙《みょう》なことに、布子は早川志乃の言葉を信じていた。

ただ――河村はたまに志乃の所へ泊ってくる。刑事として現場に復帰した河村は、以前の通り忙しく駆け回り、泊り込みの捜査も珍《めずら》しくない。

その内の何回かに一回は、おそらく早川志乃のアパートに行っているのだろう。布子はあえて問い詰めなかった。

河村にとって、妻に嘘をつくことが大きなストレスになると、布子は承知《しょうち》していた。河村の体のことを思えば、「何も訊かない」ことが一番だと思っていた……。

しかし、この先、二年、三年とたち、あかねが幼稚園、小学校となると、色々難しいことが出てくる。

あかねも、「父親がいつも家にいない暮し」がおかしいということに気付く。

そのとき、どう話せばいいのか。

布子は、「今は早すぎる」と自分へ言い聞かせた。——まだ。まだしばらくは。

でも、その「まだ」がいつまでなのか、布子にも分らなかった。砂時計の砂は確実に落ち続けて、いつか落ち切ってしまう。

それがいつのことになるのか、布子には分らなかった。

——机の上のケータイが鳴った。

爽香からと分ってホッとする。爽香と話をすると、いつも布子は救われる気分になる。

「もしもし」

「先生、まだ起きてたんですか」

「こんなに早く寝られないわよ。あなただって」

「今、帰って来たところです」

と、爽香は言った。

爽香が、門倉という老人の家で掃除や洗濯をしてやっていることは聞いていた。

「――じゃ、その門倉さんの娘さんは、お子さんを二人も連れて？」

「そうなんです。送って行った車の中で、チラッと洩《も》らしていただけですけど、自分の子供も面倒がってみない男がいるんですね」

爽香は呆れている。

「世間には色んな人がいるから」

と、布子は言った。「そういう人は、母親が何でもやってくれて、自分は何もしなくていい、っていう環境で育って来たんでしょうね。そういう人が変るのは大変よ」

「先生、大丈夫ですか？」

「ええ。さっき爽子が来てね、何を言うかと思ったら、ヴァイオリンをやりたいって」

いきさつを聞いて、

「いいなあ」

と、爽香は感心した。「しっかりしてますね、爽子ちゃん」

「やりたいなら、何とかやらせてあげようと思って。爽香さん、ヴァイオリンのいい先生、知らない？」

「その方面は……。でも、当ってみましょうか」

「お願い。楽器は先生次第《しだい》だと思うの」

「何とか捜してみます。一週間くらい待って下さい」

具体的に期限を自分で切るのが爽香らしいところだ。

「いつも頼みごとばっかりね」

と、布子は言いながら、苦笑していた。「明男君も変りない？」


〈来週でも、どこかで会えないでしょうか？　少しの時間でもいいんです。都合のつく日があったら、メール下さい〉

ケータイに入ったメールの文面を読んで、明男はちょっと眉《まゆ》を寄せた。

三宅舞《みやけまい》からである。

アメリカに半年ほど留学していて、この春に帰国していた。卒業は来年だ。

明男にとって、舞はあくまで「お得意先の社長の娘」である。

時折《ときおり》、お茶を飲みながら話を聞く。——爽香にもそのことは話してあり、実際、明男と舞の間に、特別なことは全くなかった。

ただ、舞の方では明男に思いを寄せているようで、しかし明男が爽香をどんなに大切にしているか分っているので、決して自分の気持を口にしない。

舞にとって、明男は自分の悩みを聞いてくれる「お兄さん」だった。

社長である父との冷たい父娘関係。家にほとんどいない母親。

その家庭で、「良家の娘」を演じることは辛《つら》かったのだろう。

留学したのも、しばらく家から離れたかったからだろう、と明男は察《さっ》していた。

帰国した舞は、明男にお土産の人形を渡し、向うでの学園生活を楽しげに語った。しかし、
このところ、何か考え込んでいることが多いようで、明男には気になっていた……。

「——明男、お風呂入って」

と、爽香が声をかけ、明男はケータイのメールの文面を消すと、

「分った」

と、返事をした。「先生、元気か？」

「まあね。河村さん、今夜は泊りみたい」

と、爽香は言った。「たぶん、ね」

「彼女の所？」

「そこまで分らないけど……。まさか、先生の所がこんなことになるなんてね」

と、爽香はため息をついた。「手伝わせちゃってごめんね、今夜は」

「いいじゃないか。喜んでくれてる」

「うん……。たぶん、建設地、あそこに決りそうなの」

「あの門倉さんはどうするんだ?」

「承諾してもらえれば、どこか転居先をこちらで捜すか、作られる〈R・P〉に優先入居していただくか」

「奥さんの容態にもよるだろうな」

「そうなの。でも、仕事は仕事で進めなくちゃね」

と、爽香は言った。「あの幸代さんって人も、気の毒ね」

明男は爽香を背後から抱きしめて、

「爽香は幸せだろ?」

と言った。

「やめてよ、こら!——くすぐったいよ」

爽香は笑って、「さ、早くお風呂に入って!」

と、明男を廊下の方へ突き飛ばした。

7　計算

ずいぶん長いこと、ケータイは鳴り続けていた。

ベッドから這《は》い出すようにして、中堀洋介はポケットからケータイを取り出した。

「何時だと思ってるんだ……。はい？」

「中堀君か。門倉信吾だよ」

中堀は急に目がさめた。

「どうも。義兄《にい》さんでしたか」

「元気かい」

「ええ、まあ……。幸代は今、東京へ――」

「知ってる。今夜会ったよ、親父の所で」

「そうですか」

「君は？　幸代と子供たちがいなくて、羽根をのばしてるんだろ」

「いえ、そんな……」

「君の家の電話にかけたが、誰も出なかったぜ。どこにいるんだ?」

中堀は、ちょっとあわてて、

「どこって——知人と飲んでて、遅くなったんです。本当ですよ」

「まあいいよ」

と、門倉信吾は笑って、「実はね、いい話なんだ」

「というと?」

「親父が、今の土地と家、売るかもしれない」

「でも——お義母《かあ》さんが入院してるんでしょ」

「まあ聞けよ」

信吾は、矢市郎から聞いた「老人ホーム建設計画」のことを中堀へ伝えた。

「——へえ、老人ホーム」

「最終的に、あそこに建つと決れば、間違いなく親父の土地を買収することになるだろう。あそこは古いが、場所がいい。かなりまとまった金が入るよ」

金の話となると、中堀は完全に眠気が飛んで行ってしまった。

「お袋《ふくろ》は、もう回復は難しいってことだ。お袋に万一のことがあれば、親父も長くないと思う。そうなれば、幸代にも結構《けっこう》なものが遺《のこ》ることになる」

中堀は、信吾のことを尊敬していた。幸代は兄のことを好いていないが、中堀にとって、

「金のある人間」は尊敬に値《あたい》するのである。

その金をどうやって稼《かせ》いだか、そんなことはどうでも良かった。要《よう》は、「金のある方が勝ち」なのだ。

「しかしね、その老人ホームを建てる〈G興産〉の女の社員が、親父にうまく取り入ってるんだ。掃除、洗濯までやってくれるそうでね」

「へえ。ご親切ですね」

「違うよ。もちろん、親父を丸めこんで、土地を安く売らせようって腹だ」

「それじゃ、お義父さんは――」

「その上で、新しく建つ老人ホームへ入居させれば、〈G興産〉の側は大儲《おおもう》けさ。だがね、老人ホームなんかに入られたら、ほとんど金は残らない。それじゃ、僕も黙ってるわけにいかないよ」

「当然ですよ。子供が親の遺産を受け取るのが筋《すじ》だ」

「君だって、幸代に金が入れば、好きに使える。分るね」

「もちろん」

「よし。問題は、親父が勝手に安く土地を売るのを阻止すること。それからそのホームへ入らせないことだ」

「何か上手《うま》い手が？」

「考えはあるんだが、僕が前面に出るのは、ちょっとまずい。それで電話したんだ。中堀君、力を貸してくれないか」

「喜んで。でも、僕にできるようなことが？」

「あるんだ」

と、信吾は愉《たの》しげに言った。

——中堀はケータイを切ると、笑《え》みを浮かべて、

「さすがだ」

と呟いた。

「誰から？」

眠そうな声がした。

「うちの女房の兄さんだよ。しっかりした人なんだ。別荘まで持っててね、箱根に」

中堀は、まるで自分の別荘のことのように得意げだった。

「お金持なのね」

「ああ。金儲けの話には鼻が利《き》くのさ」

「あなたみたいに？」

ベッドから身をのり出して、その女は言った。

中堀のご近所の主婦で、夫が単身赴任《ふにん》していている。洗剤のセールスをしていて、中堀の家に寄

ったのがきっかけだった。

「残業で遅い」

と、妻の幸代に言っているが、十日に一度くらいは、この主婦の所へ寄る。

幸代は何も知らない。いや、たとえ分ったって構うものか。

俺は忙しいんだ。働いて、幸代と二人の子を養っている。これくらいの息抜きが何だと言うんだ。

「――お金の話なら、私も大好きよ」

と、女が言った。「聞かせて」

「誰にもしゃべるなよ」

「言わないわ」

「よし。じゃ、ベッドの中で、こっそり聞かせてやる」

中堀は、笑いながらベッドの中へ潜《もぐ》り込んで行った。

女の笑い声が、布団の中から洩《も》れて来た。

「あなた」

門倉信吾は、受話器を置いて振り向くと、

「いつからそこにいるんだ」

「少し前よ」

「ちっとも足音をたてない奴だな」

と、信吾は苦笑した。「お前は幽霊か？」

「今の話、本当なの？」

「聞いたのか」

「聞こえたのよ」

——門倉信吾の妻、宣子《のぶこ》である。

「売ればいくらになるの？」

「あそこは億で売れる。——相手は大手だ。うんとふっかけてやらなきゃ」

信吾はソファにかけて、「お前、少し親父の世話をしに行け」

「突然おかしいわよ」

「そんなことはない。それに、これ以上〈G興産〉の女と親父を近付けないためだ。状況を探る必要もある」

宣子はソファにかけて、

「本当にうちにもお金が入る？」

「ああ。親父の金でも、うまく言いくるめて巻き上げるのは簡単さ」

信吾は夕刊を広げて、「コーヒーをいれてくれ」

子供のいない信吾と宣子は、夜ふけまで起きている。

「——はい。どうぞ」

宣子は夫にコーヒーをいれて、「でも、幸代さんは私を嫌ってる」

「幸代は高松だぞ。それに、中堀は俺の言うなりだ。幸代に何もできるもんか」

宣子はため息をついて、

「急ぐのよ。——分ってるでしょ」

「足下《あしもと》を見られたら、安く買い叩かれる。それだけは避けるんだ」

「でも——」

「分ってる」

信吾は遮《さえぎ》って、「ここが我慢のしどころだ」

「もう充分我慢したわよ」

と、宣子は口を尖《とが》らした。

実は、あれほど中堀が憧《あこが》れている信吾の別荘は、既《すで》に人手に渡っていた。

それだけではない。このマンションも抵当に入って、今はやっと利息分だけ何とか払っている。

「——老人ホームね」

と、宣子は首を振って、「私たちとは縁がなさそうね」

「だが、親父にも絶対入らせちゃならない。おい、宣子。お前も協力しろ」

「何をするの？」

信吾は今年四十一。宣子は三十九歳である。

「あの辺の家の住人たちを調べるんだ。——暇を持て余してる奴、失業中の奴、すぐのせられる奴。——そういう手合《てあい》を捜して来い」

「どうしてそんなこと——」

「俺の計画に必要なのさ」

「でも、そんなこと、どうやって調べるの？」

「頭を使え。何かのセールスを装《よそお》ってもいいし、アンケート調査とか、名目は何でもいい」

宣子はちょっと笑った。

「面白《おもしろ》そうね」

「ああ。——面白くなるぞ」

と、信吾は言った。

もう夜遅かったが、幸代はお風呂をわかし直して、入った。

むろん、二人の子は眠っている。

父、矢市郎も寝ていた。

「ああ……」

思わず声が出る。

ずっと——ずっとこのままでいられたら。

この、自分が生れ、育った家で、毎日暮すことができたら……。

もちろん、そんなのは夢物語だ。現実は、明日には——いや、もう「今日」なのだが——帰らなくてはならないのだ。

信乃は学校がある。博志は幼稚園に連れて行かなくては。

——夫、中堀洋介のことは、頭に浮かばなかった。

いや、いつもいつも考えている。私たちは本当に「夫婦」なのか、と。

こうして離れてみて、幸代は改めて自分がどんなに夫を恐れているか、よく分った。

中堀は、そう年中暴力を振《ふる》うというわけではない。だが、一旦カッとなって手を上げると、抑えがきかなくなる。

そんなとき、信乃は怯《おび》えて自分の布団に潜り込んでじっと息を殺している。

七歳にもなれば、「パパがママを殴《なぐ》っている」ことぐらい、分っている。

中堀も、たまに機嫌のいいときは子供の相手をするのだが、信乃には暴力を振う父親のイメージが強烈《きょうれつ》で、一緒に遊びたがらない。

中堀の方は、自分に原因があるなどとは思いもしないので、信乃が素直じゃないと言って怒るのである。

「ママ……」

お風呂場の戸が開いて、信乃の顔が覗いた。

幸代はびっくりして、

「どうしたの？」

と、湯船から上った。「こんな時間に……」

「ごめんなさい」

と、信乃はしょげた。

「いいのよ、別に。ただ、びっくりしたの。――怖い夢でもみた？」

「ううん」

信乃はパジャマ姿で首を振った。何だかもじもじしている。

「――お風呂に入りたいの？」

幸代が訊くと、信乃はコックリと肯いた。

幸代は笑って、

「本当に好きね！　じゃ、早く裸になって入ってらっしゃい」

「うん！」

信乃は大喜びで、アッという間に裸になると、入って来た。

「じゃ、ママと入る?」

幸代は信乃を抱き上げて、ザブンと湯船に身を沈めた。信乃が嬉しそうに笑う。

幸代は、信乃を後ろ向きに膝にのせて、抱きしめた。

「——ママ、柔《やわ》らかい」

「そう? 気持いい?」

「うん」

「信乃も気持いいわよ」

「本当?」

「本当よ!」

幸代は娘の首筋にキスしてやった。

「——ママ」

「うん?」

「帰りたくない」

幸代は胸をつかれた。

「——ママだってそうよ。でも、学校はお休みできないわ」

「うん……」

信乃はそれ以上言わなかった。

信乃にも現実が分っているのだ。

「――さあ、もう出なきゃ。信乃も寝るのよ」

「うん」

二人は一緒にお風呂を出ると、お互いにバスタオルで濡《ぬ》れた体を拭き合った。

「さあ、パンツはいて。自分で着られるわよね」

「うん」

幸代はバスタオルで濡れた髪を拭いた。

そして――父がすぐ後ろに立っているのに気付いてびっくりした。

「お父さん！　――ああ、びっくりした」

と、あわててバスタオルを体に巻きつける。「どうしたの？」

父の目は、どこも見ていなかった。

「お父さん――」

と、言いかけると、矢市郎はポツリと言った。

「母さんが危篤《きとく》だそうだ」

幸代は、父の言葉をすぐには理解できなかった。

「だって、ついさっき……」

「今、病院から電話があった。急に容態が変って、もう――だめらしい」

父の両の目から大粒の涙が落ちた。

「病院に行きましょ」

と、幸代は促した。「待って。すぐ仕度《したく》するわ」

急いで髪を乾かし、服を着て、タクシーを呼んで出かけるまでに十五分ほどかかった。

その間に、とめ子の心臓は鼓動を止めていた。

8　つきまとう

午後、配達を一旦終えて営業所へ戻ると、明男は所長から呼ばれた。

「おい、杉原」

「はい、荷物ですか」

と、小走りに行ってみると、

「いつもの地酒だ。悪いけど、俺はこれから出かけなきゃならない。三宅さんの所へ届けといてくれ」

「分りました」

所長の出身地は酒造りで有名な土地である。

毎年、地酒が送られて来て、所長はそれをお得意先へ配っている。

大きな箱に入った角樽《つのだる》である。

「よろしく言ってくれ。たぶんご主人はおられんだろうが、奥さんかお手伝いさんか、誰かいる」

「分りました」

明男は、箱を抱えて外へ出ると、空《あ》いていたバンを使うことにした。

三宅の家はすぐ近くだし、これを置いてくるだけだ。

三宅の大邸宅の辺りは、ひっそりとして静かである。夜など、女の一人歩きは避けるようにと看板も出ている。

もちろん、明男などの回るのは勝手口《かってぐち》。

インタホンを鳴らして、

「お届け物です」

と言った。

勝手口のドアの向うに足音がしたと思うと、すぐドアが開いて、

「やっぱり！　あなたの声だと思った」

出て来たのは、三宅舞だったのだ。

「うちの所長から、いつもの地酒が届きましたので」

と、明男は箱を台所の上り口へ置くと、

「じゃ、お父様へよろしくお伝え下さい」

早口に口上《こうじょう》を述《の》べて、すぐ引き返そうとしたが、

「明男さん！」

と、舞が呼び止める。「すぐ帰らなくたって……。お茶ぐらい飲んで行ってよ」

「でも――」

「大丈夫。今日は誰もいないの。私、お留守番」

と、舞は明男の手をつかみ、「帰さないから」

冗談めかしてはいるが、真剣だ。

仕方ない。明男は、

「じゃ、少しだけ」

と、靴を脱いで上り込んだ。

居間のソファに、落ちつかない気分で座っていると、

「――はい、どうぞ」

と、コーヒーをのせた盆を手に、舞が現れた。

「ありがとう」

明男は、そのコーヒーを一口飲んで、

「――旨《うま》いね」

と、本当に目を見開いた。

「そう？　ありがとう」

舞は嬉しそうだった。「こう見えても、ちゃんとプロのコックさんに習ったのよ。おいしい

いれ方」

「うん、本当においしい」

「爽香さんのいれたのより？」

明男は苦笑して、

「あいつは、そんなことしてくれないよ。それでいいんだ。忙しいから」

「そうね。――分ってるのよ。ごめんなさい」

「そんなことで謝らなくていいよ」

と、明男が言ってやると、舞はへへ、と舌を出して、

「本気で謝ってないもん」

と笑った。

明男もつい一緒に笑う。

「でも、良かった。元気そうじゃないか」

「私が？」

「このところ、何となく元気なかったみたいだし、あのメールも――」

「どうしたらいいか分らないの」

突然、舞は真顔で言った。

「――何だい、一体《いったい》？」

舞は、ゆっくりと深く呼吸して、

「話すわね」

と、背筋を伸《の》ばした。「私――アメリカにいたとき、彼氏がいたの」

「そう」

「アメリカ人よ。とても陽気な子で、ずっと長く付合いたいって子じゃなかったけど、どうせ留学中の間だけだし」

「楽しかった？」

「まあね。エイズ怖がってるから、ちっとも私に触ろうとしないの。じれったくって、私の方が押し倒してやった」

聞いて、明男はふき出してしまった。

同時に、この舞が、男に抱かれているところを頭に浮かべた。――二十二歳だ。当然のことだろうが、明男には想像もつかない。

「――だって、本当に好きな人は、私に手も触れないんだもの」

舞が、自分のコーヒーを飲む。

明男も、それが自分のことを言われているのだと分っていた。

「それでね、そのアメリカ人のことはいいの」

と、舞が続けた。「向うで留学生同士の交流があって、その小さなパーティのとき、一人の男の子に会ったの」

「留学生？」

「日本人のね。もう三年いるってことだったわ、アメリカに」

「――で、その子が何か？」

「その子のせいで、困ってるの」

と、舞は目を伏せた。

「話してみて」

「名前は、有藤《うどう》――有《あ》る、という字と藤《ふじ》ね。有藤三郎《さぶろう》っていうの」

「うん……」

「パーティでは、いつもじっと隅《すみ》っこに立ってて、一人でいる。話しかけられても、ほとんど口をきかない。――一風《いっぷう》変った子だったわ」

「その子と付合いを？」

「偶然なの。――パーティでゲームをやってててね、全員参加だったんで、有藤君も渋々《しぶしぶ》やってた。ところが、一人の子が持ってたグラスのワインを、有藤君の上着にかけちゃってね。私、そばにいたんで、すぐ上着を脱がして、シミにならないように処置してあげたの」

「その有藤って子が、君に惚《ほ》れた」

「ええ。――そんな風に親切にされたことなかったらしくてね」

「付合いは？」

「一度だけ。――本当よ。一度でこりごりってとこね」

と、舞は首を振って、「あんまり熱心に、お礼がしたいって言ってくるんで、それじゃって、日本食のレストランで食事したの。安いお店よ。それに自分の分《ぶん》は、ちゃんと払ったし」

「それで？」

「ところがね――一度食事に付合っただけで有藤君は私の恋人のつもりになったの。留学生仲間にも言いふらし、毎日電話して来るわ、郵便受に手紙を直接入れて行くわ……。すっかり恋人気取り。私、迷惑だからよして、って言ったのよ。でも、耳に入らない。自分がこれだけ好いてるんだから、当然向うも好きになってくれる、と信じてるみたいで」

「分るよ」

「私も、留学中だけのことと思って我慢してた。有藤君はまだ何年かアメリカの大学に通って、向うでそのまま就職することになってたから」

「なるほど。でも、気が重いね」

「そうなの。――一度、私がアメリカ人の彼氏とデートして帰って来たとき、有藤君がものかげからこっそり覗いているのに気が付いたんで、私、彼氏と思い切り長いキスをしてやった。これで有藤君も目がさめるかな、と思ったの」

「どうなった？」

「それから私が留学を終って帰ってくるまで、有藤君はあまりつきまとわなくなったの。ホッとして、帰国してからは忘れかけてた。ところが――三週間くらい前、アメリカ人の彼氏の友人からメールが来て、彼が夜、突然誰かに襲《おそ》われて刺されたっていうの。幸《さいわ》い、命は取り止めたんだけど……」

「それが――有藤って男のやったことだと思うの？」

「初めは、そんなこと考えなかった。傷害事件は珍しくないし、たまたま彼がやられたんだと思って。――でも、一週間くらいして、有藤君から手紙が来た。『あいつは天罰だ』と書いてあったわ。私、ゾッとした。有藤君がやったのよ」

「それで……」

「警察へ知らせようか、どうしようかと思ってる内に、一週間たった。そしたら、私の家の留守電に、突然有藤君の声が入ってたの」

「何と言ってた？」

「『僕は君のそばに来た。もう離れないよ』って」

「日本にいるってこと？」

「たぶん……。私、怖くて。どこで突然会うか」

「警察へ届けたら？」

「でも今はまだ、日本にいるかどうかも分らないんですもの」

「うん……」

明男は考え込んで、「――ともかく、今の話を河村さんに言っておくよ。有藤という男について、分ってること、教えてくれ」

明男は、舞にメモを書かせ、それをポケットへしまった。

「もう行くよ」

「ごめんなさい、引きとめて」

舞は、明男と一緒に立ち上ると、玄関まで送って来た。

「何か心配なことがあったら、言って来いよ」

「ありがとう」

舞は、明男が靴をはいて体を起すと、いきなり抱きついて来て、唇を重ねた。

明男が面食らっている間にパッと離れ、

「じゃ、またね！」

と、笑顔を見せた……。


爽香は、病院の霊安室へと下《お》りて行った。

――黒のスーツを、よく着る。

門倉矢市郎の妻が亡くなったと、幸代からケータイへ連絡をもらったのだ。

廊下に、幸代と子供たちの姿があった。

「――中堀さん。お知らせいただいて」

「まあ、杉原さん。わざわざすみません」

「いえ、とんでもない。突然のことでしたね」

「ええ。――父にはショックで」

「今、どちらに？」

「中にいます。母から離れようとしません」

爽香はそっと部屋の中へ入った。

「放《ほ》っといてくれ！　とめ子は渡さん」

と、背を向けたまま、矢市郎が言った。

「門倉さん。せめて手を合せるだけでもお許し下さい」

爽香の声で、矢市郎は初めて振り向くと、

「あんたか！　失礼した」

「いいえ」

爽香は、とめ子の遺体に向って合掌《がっしょう》した。

「――生きていてくれさえすれば、それでいいと思ってたが。たとえ寝たきりでも、生きていてほしいものだね」

と、矢市郎は言った。

爽香が廊下へ出ると、男が一人やって来た。

「幸代。——遅くなってすまん」

「お兄さん」

「親父は？」

「中に。——あの、兄です。こちら、杉原さんとおっしゃって……」

「ああ」

その男は、軽蔑《けいべつ》するような目を爽香へ向けて、「聞いたよ。親父のことを色々世話してくれたそうで、ありがとう」

「いいえ」

「もう我々がいるのでね。あんたの出る幕《まく》はない。帰ってくれ」

「お兄さん！　失礼でしょ、そんな言い方」

幸代がびっくりして言った。

「赤の他人が、霊安室までノコノコやってくるか？　——何の下心か知らないが、余計な口出しは無用だ」

爽香は別に驚かなかった。

自分は、さっぱり手伝いもせず、亡くなったとたんに寄ってくる。——こういう親族は珍しくない。

「では、失礼いたします」

と、爽香は平静にその場を辞した。

——幸代が追って来ると、

「すみません！　兄があんな失礼を——」

「お気になさらずに」

「でも……。せめて玄関まで」

幸代の方に、何か話したいことがある様子だった。

9　予感

病院から戻ると、爽香は田端将夫に電話を入れた。

日曜日だと分ってはいるが、社長に休日はない。

「——田端でございます」

「奥様でいらっしゃいますね。杉原爽香です」

「あら、今日は」

「お休みのところ、申しわけありませんが、社長はおいででしょうか」

「ええ、ベビーシッターをやってるわ」

と、祐子は言った。「今はおしめを替えてるとこ。私がやってくれって言ったんじゃないのよ。主人が勝手にやってるの」

「それがすんでからで結構ですので、ちょっとご連絡しておきたいことが……」

「いいわ。じゃ、このまま待ってて」

祐子が、田端に電話のことを話すのが、かすかに聞こえてくる。

数分待って、田端が出た。

「お休みのところ、すみません」

「構わないよ。何だい？」

爽香は門倉矢市郎の妻が亡くなった旨《むね》を話し、

「〈G興産〉の名で、お花を出してよろしいでしょうか」

「もちろんだ。君に任せるよ」

と、田端は言った。「土地の売買《ばいばい》契約の話は、少し落ちついてからの方がいいな」

「そのことなんですが、ちょっともめるかもしれません」

爽香が、病院で会った、門倉矢市郎の長男、信吾のことを話すと、

「すると、その息子が絡《から》んで来そうだというのか」

「百パーセント確実です。たぶん、値をつり上げようとするでしょう」

「そうか。——ま、あんまり心配するな。そのときになったら考えるさ。その息子は何をしてるんだ？」

「調べておきます」

「うん、頼むよ」

爽香は、ちょっと間を置いて、

「おしめを替えるのも、慣れました？」

と訊いた。

「ああ、もうベテランさ」

と、田端は笑った。「ああ、もし用なら、僕のケータイ、知ってるじゃないか」

「お休みの日です。奥様に取り次いでいただくのが筋です。夫がケータイで誰か分らない相手と話しているなんて、いい気持はしません」

「気をつかってくれるね」

「社員のつとめです。では、お邪魔しました」

爽香は、田端が自分に好意を持っていること、そして祐子もそれをよく知っていることに気付いている。

祐子は爽香を嫌っている。かつて、一度は自分の恋人だった明男と結婚しているからだ。

その祐子は、今爽香にとって「社長の奥様」なのだ。気をつかって当然である。

「あーあ……」

電話を切ると、爽香は伸びをした。

日曜日だからといって、休めるとは限らない。その点は、前の勤め先〈Pハウス〉でも同じだった。

今日は明男も出勤の日だ。——宅配の荷物など、日曜日でないと受け取ってもらえない家がある。

「さて、と……」

掃除、洗濯。――まとめてやってしまおう。

爽香はポキポキと指を鳴らした。

それにしても――可哀《かわい》そうな人だ。

爽香は、病院を出るとき、正門までついて来て、兄の失礼を詫び続けていた中堀幸代のことを思い出していた。

兄、門倉信吾のことを詫びながら、その実《じつ》、幸代は自分の不幸を訴《うった》えていた。言葉には出していなくても、その涙に濡れた目は、

「私は不幸なのです」

と言っていた。「どうして私はこんなに不幸なんでしょう?」

と――。

自分で選んだ結婚でしょ、と言ってやることは易《やさ》しい。

しかし誰でも結婚相手のことを百パーセント知っていて一緒になるわけではない。いや、五十パーセント、三十パーセントだって、分っているかどうか。

幸代は夫に怯えている。――おそらく、夫が暴力を振うのだろう。

そんな面は、普通に付合っているときにはまず表面に出ることがない。

――爽香は着替えると、早速《さっそく》洗濯機を回しておいて、掃除機をかけ始めた。

「いやだわ。どこに行ってるのかしら」

幸代はため息をついて、受話器を置いた。

「ママ、お腹空いた」

と、信乃がそばに来て言った。

「はいはい。ごめんなさい」

と、幸代は信乃の頭をなでて、「博志もね。——でも、何か作るっていっても……」

家の中に他人が出入りしていると、落ちつかない。

父の家に、母の遺体は戻って来た。

葬儀社の人間が何人もやって来て、居間を片付け、アッという間に祭壇《さいだん》ができ上った。

「——明晩がお通夜《つや》、あさってが告別式ということで」

その居間の隅では、担当者と信吾が事務的な打合せをしていた。

こういう実務上のことになると、信吾は強い。——父、矢市郎は不満だったようだが、息子と喧嘩《けんか》する元気も残ってはいないらしく、結局寝室に引込んでしまっている。

「——お兄さん」

と、幸代は声をかけた。「子供たちがお腹空かしてるの。ちょっと、外へ出て食事してくるわ」

「ああ、分った。ここは任せろ」

幸代は、信乃と博志の二人を連れて家を出た。

少し歩くが、ファミリーレストランのチェーン店があった。子供を連れて行くには一番気楽でいい。

「ねえ、おばあちゃん、死んじゃったの?」

と、博志が言った。

「ええ、そうなのよ」

「学校は?」

と、信乃が訊く。

「二、三日お休みしないとね。ちゃんとお母さんが先生に電話しておくわ」

「分った」

信乃は嬉しそうだ。——もちろん、七歳になれば、人が死んだとき、嬉しそうな顔をしてちゃいけないことぐらいは分っている。

それでも、子供は正直だ。

ほとんど会った記憶も乏《とぼ》しい祖母の死より、学校を休んで東京にいられることの方が大きな意味を持っているのだ。

レストランで、幸代も定食をしっかり食べてしまった。

母の死への悲しみは、まだ実感されなかった。

もちろん、子供たちとは違うが、幸代もまた心の中で、あと数日、夫と離れていられることを喜んでいたのだ。

その解放感が、幸代の食欲を刺激したのだと言ってもいいだろう。

「何か甘いもの食べる？」

と、子供たちに訊きながら、その実、幸代自身が食べたいのだ。

むろん、二人の子も、「いらない」と言うはずがない。

ベッタリと甘いチョコレートパフェを取って、幸代は子供たち以上にせっせと食べ始めた。

「——ママ」

と、信乃が言った。

「なあに？」

「パパ」

「パパはお仕事があるから、来られないわよ」

「パパだよ」

「——え？」

振り返った幸代は、確かに夫がレストランへ入って来るのを見て、目を疑った。

「——あなた」

「やっぱりここか。——今、信吾さんに聞いてな。近くのレストランと言われたんで、たぶんここだと思ったんだ。タクシーで前を通ったから」

中堀は幸代の隣に腰をおろして、「旨そうだな。俺も腹が減ってるんだ。——おい！　定食をくれ」

「あなた……どうして？」

「お義母さんの葬式だぞ。やっぱり出席すべきじゃないか」

「でも、仕事は？」

「ちゃんと休むと言ってある。明日とあさってだな」

「ええ……」

少しがっかりしたが、それでも、夫が母の葬儀に休みを取って、きちんと出てくれるということは嬉しかった……。

「——ずっと電話してたけど、出てくれないから、どうしたのかと思ってたわ」

と、幸代は言った。

「飛行機だからな。ケータイも電源を切ってた」

中堀は、せかせかと定食を食べながら言った。「信吾さんは、やっぱりビジネスマンだな。テキパキと片付いて、打合せもきっちりやってる」

幸代は、夫が兄の信吾に心酔《しんすい》しているのをよく知っていた。

しかし、幸代には信じられない。——確かに、「いい年齢をした男」が取り乱すのはみっともないかもしれないが、それでも自分の母親の死にも、涙一つ見せないのが普通だろうか。

しかも——あの杉原爽香への態度。

父の身の周りの面倒をみてくれたことを、下心があるのではと疑うのは分らないでもないが、それでも当人に面と向ってあんなことを言うだろうか。

言われた方も、怒って当り前なのに、あの杉原という人は……。

表面だけ取りつくろって、愛想《あいそ》良くしているのではない。少々のことでは腹を立てたりしない、大人なのだ。

この人と、何という違い。

幸代はつい夫を見て、ひそかにため息をつくのだった。

——レストランを出て（支払いは幸代がした）、一家で夜道を歩いて行く。

ふしぎな気持だった。

こんな風に、親子四人、一緒に歩くことなど、めったにない。いや、少なくとも記憶の中のどこを捜しても出て来ない。

それが「普通」のことなのだろうか？

これがありふれた家庭というものなのか。

「——あなた、でも寝る所があるかしら」

と、幸代は言った。「居間に母を安置するので、居間にあった物を他の部屋へ押し込んであるし」

「いいんだ。俺は信吾さんの所へ泊る」

「兄の家に？」

「信吾さんもそうしろと言ってくれてるし。久しぶりでゆっくり話もできる」

正直、幸代はホッとした。夫が父とうまくやれるわけがない。

でも、通夜や告別式のときだけ顔を合せているのなら、もめることもないだろう。

幸代には、目に見えるようだった。

自慢話――それもお金儲けの――に上機嫌の兄と、それに目を輝かせて聞き入る夫……。

いいコンビだわ、と幸代は思った。


「――どう思う？」

明男に訊かれたとき、爽香はちょうどご飯を口へ入れたところだった。

どう答えたものか、考える時間ができて良かったと言えるかもしれない。

「そうね」

お茶をガブッと飲んで、爽香は言った。「それって、そのストーカーっぽい男の子のことをどう思うか訊いてるの？　それとも明男が女の子一人の家へ上り込んだことについて？」

「おい――」

「分ってる。冗談よ」

「届け物しただけだよ」

――早目に帰宅した明男と、珍しく普通の時間に家で夕食をとっている。

普段は、どっちも帰りが遅いので、別々に外食となることが多い。

明男は、三宅舞に相談された留学生のことについて、爽香に意見を求めたのである。

「その留学生、何ていったっけ？」

「有藤三郎」

「有藤……。少なくとも、日本へ戻って来てるかどうかは調べられるわね」

「やはり、何か手を打った方がいいと思うかい？」

「うん」

爽香は即座《そくざ》に肯いた。「手を打っておいて悪いことはないわ。たいていの場合は、『まさか自分の身には起らないだろう』と思っている内に、手遅れになるのよ」

「そうだな。――むだなら、それでいいわけだし」

「アメリカで起きた事件の、その後の捜査がどうなってるか、当ってみる必要もあるわね。それはやはり公式に問い合わせてもらった方がいいわ」

「じゃ、河村さんだな」

「そうね。食事がすんだら電話してごらんなさいよ」

「今？」

と、明男が目を丸くする。

「一日遅れたばっかりに、ってことがあり得るわ。ずっと後悔しなきゃいけなくなるなんて、いやでしょ」

と、爽香は言った。「河村さんのケータイへかけたら？　家にいるかどうか……」

「そうするよ」

――確かに、河村は自宅にいなかった。

捜査本部で仮眠を取っているところだったのだ。

「すみません、起しちゃって」

と、明男が恐縮する。

「いや、いいんだ。もう起きないと。――何だい、話って？」

明男がポイントを絞って話すと、河村はメモを取っていたようで、

「分った。当ってみるよ。――しかし、今の段階じゃ、こっちは動けないな。いいかい、その子に、一人歩きするなと言ってくれ。できるだけグループで、それも男の子を混《まじ》えてね」

「はい」

「何か起ったら、警察が何もしなかった、と言われるんだがね」

と、河村は言った。「しかし、狙《ねら》われる当人には何の責任もない。——もし、その男が本当に日本へ来ていたら、要注意だ」

「よろしくお願いします」

「何かあれば、いつでも連絡してくれ」

明男は電話を切って、ホッと息をついた。

「安心してちゃだめよ。その子に教えてあげなさい」

「はいはい」

「向うへ行っててあげようか?」

爽香の言葉に、明男はジロッとにらみ返してやった。爽香がふき出した。

10　計画

焼香《しょうこう》を待つ人の列の中に、幸代は杉原爽香の姿を見付けた。

チラッと隣に座っている兄の方を見る。

まだ気付いていないようだ。

——幸代は気が気ではなかった。

また兄、信吾が杉原爽香に何か失礼なことを言い出すのではないか。

母の告別式の席で、そんな思いをしたくはない。

母、とめ子は、年齢をとってから色々習いごとを始めたりして、ずいぶん交流が広くなっていたようだ。

幸代の全く知らない、母と同世代の女性たちが、何人も連れ立って焼香に訪れて来た。

幸代は、母がこんなに大勢の友人を持っていたことに驚き、そして嬉しくなった。

娘の自分は、夫の転勤について歩いているせいもあるが、ほとんど友だちなど身近にはいない。母が羨《うらやま》しかった。

ふと、幸代の目は今焼香している男性に向った。——誰だろう？

母の知人とは思えなかった。

がっしりした体格の男で、一見《いっけん》してまともな勤め人ではないと分る。——ヤクザか何か……。

でも、どうしてそんな男が？

男は焼香を面倒くさそうにすませ、遺族の方へやって来た。

「やあ」

目つきの鋭い、ゾッとするような男である。

信吾が、初めてその男に気付いた。

「あ——どうも」

男は口もとに、人を小馬鹿《こばか》にしたような笑みを浮かべると、そのまま出口の方へ行ってしまった。

「お兄さん、知ってるの、今の人？」

と、幸代は訊いた。

「うん？　——ああ、昔、ちょっと仕事でな」

信吾はいやに落ちつかない様子だった。そして、腰を浮かすと、

「すぐ戻るから」

と、幸代に小声で言って、あの男の後を追うように出て行った。

何だろう？

幸代は首をかしげたが、ちょうど爽香が焼香するところだったので、信吾がいなくなって良かったとも言える。

「——お父さん」

と、幸代は父の腕に触れて、「杉原さん、いらして下さったわよ」

と、小声で言った。

「うん？　——ああ」

父も、すぐに気付いた。

杉原爽香は、遺族席の方へやって来ると、黙って頭を下げた。

「わざわざありがとう」

と、矢市郎が言った。

「いいえ。本来でしたら社長が参るところですが……」

「いや、あんたが来てくれた方がいい。色々世話になった」

「とんでもない」

爽香は言葉少なに、「いずれ、また」

「うん。また来てくれ」

爽香は、幸代に会釈《えしやく》すると、言葉はかけずに行ってしまった。

爽香は外に出ると、周囲を見回した。

気になっていることがあったのだ。

少し前に焼香していた男に、見憶えがあった。——その男は、あの門倉信吾に何か話しかけていた。そして、信吾はその男を追って外へ出て来た。

どこへ行ったのか……。

告別式は、斎場《さいじよう》で行われていた。最近は公立の斎場に、火葬場も併設されている所が多い。ここもその一つだ。

爽香は、門を出て、足を止めた。

道の向いに停っている車のかげに隠れるようにして、あの男と門倉信吾が立ち話をしている。

爽香はさりげなく通り過ぎるふりをして、その二人の方を盗み見た。

やはりそうか。——爽香は〈Ｐハウス〉に入居していた老婦人の頼みで、あの柄《がら》の悪い男に会いに行ったことがあった。

その婦人の息子が、いわゆる「闇《やみ》金融」で一千万近い借金をこしらえてしまい、母親に泣きついて来たのだ。

そのとき爽香の会った借金の取り立て屋が、あの男である。

確か——そう、松山《まつやま》とかいった。いや、松下《まつした》。松下だ。

信吾がなぜ松下と話しているのか。

考えるまでもない。松下に向って頭を下げる信吾を見れば、二人が「学友《がくゆう》」などでないことは一目《ひとめ》で分るというものだ。

信吾は、何度も頭を下げると、斎場の中へ戻って行った。長く席を外しているわけにはいかない。

松下は車に乗り込んだ。

爽香がそのまま駅へ向うと、松下の車が追い越して行った。

そして、十メートルも行くと急に車は停って、松下が運転席から顔を出したのである。

「やっぱりお前か」

と、サングラスを外して、ニヤリと笑った。「バックミラーでチラッと見ただけで分ったぜ」

「どうもその節《せつ》は」

と、爽香は会釈した。

別に何の弱味も握られていない爽香にとっては、少しも怖い相手ではない。

「達者《たっしゃ》なようだな。どうだ、一杯付合わないか」

「車なのに？　捕《つか》まっても知りませんよ」

「馬鹿言え」

と、松下は笑った。

「ここの汁粉《しるこ》は絶品なんだ」

そうだった。——取り立て屋などやっているくせに、松下はアルコールがまるでだめで、大変な甘党なのである。

「いくら絶品でも、一度に二杯も食べますか？」

爽香も、「おすすめ」に従ってお汁粉を頼んだ。ただし一杯。

「二杯ぐらい食わなきゃ、食った気がしねえよ」

松下は、以前、爽香が談判《だんぱん》に来たとき、怒鳴《どな》っても脅《おど》しても一歩も引かない爽香に、とうとう笑い出してしまい、妙に気に入ってしまったのである。

「相変らず、人を脅して商売してるんですか？」

と、爽香は言った。「お嬢《じょう》ちゃん、もう小学校でしょ？　パパのお仕事を知ったら、悲しみますよ」

「相変らず、はそっちだろ」

と、松下は愉しげに、「言いたいことをズバズバ言いやがって」

「いけませんか」

「色々義理もあるんだ。しかしな、この三月で、この商売とはスッパリ縁を切る」

「本当に？」

「ああ。ちゃんと次の仕事も決ってる」

「余計なお世話かもしれませんが、何をされるんですか?」

「警備会社だ」

爽香は危うく椅子から落っこちるところだった……。

「──今も、本当に性質《たち》の悪い奴しか取り立ててない。中にゃ、初めから踏み倒すつもりの、ひどい奴がいるんだぜ」

「それは知ってます。あの門倉さんもですか?」

「あいつと知り合いか?」

「いいえ、父親とは──」

「ああ、あのじいさんか」

「息子さんは借金してるんですか」

「見栄《みえ》っ張《ば》りでな。ああいうのが一番始末《しまつ》に困る。何のかのと言って、一円も返しやがらねえ」

と、松下は渋い顔をした。「たとえ、一万円でも千円でも、返して来る奴の方が信用できるんだ。あいつみたいに、いつも『近々《ちかぢか》まとまった金が入りますから』ってまくし立てる奴は、まずだめだな」

「まとまったお金が入る? そう言ったんですか」

「あのじいさんの家と土地が売れると言ってたぜ」

「でも、それは矢市郎さんのお金ですよ」

「矢市郎ってのか、あのじいさん。——あの孝行息子の話じゃ、その金は自分のものってつもりらしいぜ」

お汁粉が来た。

「——本当だ。おいしい」

と、爽香は一口食べて肯いた。

「だろ？　俺は嘘は言わないんだ」

「甘いものに関しては、ですね」

アッという間に一杯を平らげ、二杯目に取りかかる松下を見て、爽香は、胸やけがしそうだった。

——借金の返済に困っているのなら、信吾も父親が土地を売ることに反対しないだろう。

しかし、問題はその後だ。

あの門倉信吾のことだ。父親をうまく言いくるめて金を引き出すぐらいのことはやってのけるだろう。

爽香のような他人の口を出すことではない。それは分っているが……。

妙にこじれなければいいが。

そして何より、矢市郎が土地を売った金を息子のせいで失《な》くしてしまうようなことにはなってほしくない。

「そういや、呆れたな」

と、松下は言った。「あいつ、母親の生命保険まであてにしてたらしい。ところが、母親は入ってなかったらしくてな。それをブツブツ言うんだ。自分の母親だぜ。どういう神経してやがるんだ」

爽香も、さすがに言葉がなかった。

母が焼かれている。

——幸代は、待合室の隅で、じっと唇をかみしめていた。

父も、じっとしていられないようで、一人廊下へ出て行った。

こんなときでも、兄、信吾は他の親戚と楽しげにおしゃべりしている。

信吾の妻、宣子はお茶を注いで回っていた。

——幸代は、宣子のことも苦手だ。

ゆうべ、お通夜の後で、宣子が家の中の掃除などを始めたのには、びっくりしてしまった。

しかし、慣れていないから、掃除機のあて方もいい加減なのだ。あの杉原爽香は本当に手ぎわよく、しかも埃のたまりそうなところをちゃんと分っていて、見落としがない。

急に「親孝行」しようとしても、無理なことだ。

父のことが気になった。子供たちがおとなしくマンガを読んでいるので、幸代は待合室を出た。

夫が、廊下の喫煙所でタバコを喫《す》っていた。

「あなた。お父さん、見なかった？」

「ああ、ちょっと外へ出てったようだ」

「そう」

幸代は行きかけて、「――あなた、明日一緒に帰る？」

と、夫へ訊いた。

「俺か？　俺は――もう何日かこっちにいる」

幸代は戸惑《とまど》った。

「こっちに？　だって、会社、そんなに休んで大丈夫なの？」

「ああ、ちゃんと言って来た」

「そう。――でも、学校もあるし、私たちは明日帰るわ」

「ああ、もちろんだ」

「あなた、残ってどうするの？」

中堀は肩をすくめて、

「信吾さんがな、自分の仕事を手伝ってくれないかと言ってるんだ」

幸代は啞然《あぜん》とした。

11　スケッチ

「ストーカー？」

と、志乃は訊いた。

「ああ、そんなものらしい」

河村は残ったご飯にお茶をかけた。

「何かおかず作る？」

「いや、もう充分」

河村は、胃を悪くしてから、一度にそう沢山は食べられない。

「おい、大丈夫か？　熱いものでも引っくり返したら……」

「大丈夫。危いものは、手の届く所に置いてないわ」

志乃はそう言って、自分もご飯を食べ始めた。

——早川志乃のアパート。

河村が、食事を取りながらずっと目で追っているのは、生後半年のあかねだ。

せっせと部屋の中を這い回りながら、キラキラした目で、

「何か面白いものない？」

と、捜し回っている。

手にした物、何でも口に入れたりするので、河村の方は気が気でない。

しかし、毎日見ている母親の方はいい加減慣れっこで、

「どこかにぶつければ泣くわよ」

と、おっとり構えている。

母は強し、だな。——河村は日に日に母親らしくなってくる早川志乃を見て、ゆっくりお茶を飲んだ。

「——でも、杉原さんは相変らずね。人の世話ばっかりして」

「ストーカーってのは始末が悪いよ」

と、河村は言った。「何かしてからじゃないと、こっちは手を出せない。といって、『何か』やらかしてからじゃ手遅れだ」

「何でもないといいわね」

志乃とあかねのアパートを、河村は時々訪ねてくる。むろん自分の子がいるのだから、顔も見たい。

「今夜はおうちへ帰るの？」

「いや、捜査本部泊りだ」

「無理をしないでね」

志乃は自分もお茶漬で残ったご飯を食べてしまうと、手早くテーブルの上を片付けた。

「お風呂に入って行く？」

「どうするかな。風邪でもひくと大変だし」

「ちゃんとあったまって、きれいに体を拭けば風邪ひかないわ」

「そうだな。さっぱりするし、入って行くか。ああ、いいよ。自分でお湯を入れる」

河村は、小さなお風呂にお湯を入れ、自分は先に入る仕度をした。

「着替えは、入ってる間に出しとくわ」

と、志乃が言った。「あなた、あかねちゃんを入れてくれる？」

「いいよ。僕で大丈夫かな」

「パパでしょ。分ってるわよ、あかねちゃんも」

「そうかな。――よし！　じゃ一緒に入ろう！」

河村が、這い這いしているあかねをヒョイと抱《かか》え上げた。あかねがキャッキャと声を上げて喜んでいる。

志乃はその様子を見て笑いながら、台所で洗いものをすませた。

浴槽は小さいからすぐに一杯になる。

「先に入ってるよ。脱がせて来て」

「はい」

河村は、先にお湯が熱すぎないか確かめ、少し水でうめた。

――爽子が生れたころは、何度かこうして入れてやったことがある。二番目の達郎のときは、あまりに忙しくて、ほとんど布子に任せっきりだった。

爽子はお風呂が好きで、入れてやると大喜びでお湯をはねて遊んだ。達郎は逆に、お風呂となると泣いて布子を困らせた。

面白いものだ。特に理由があるわけではないのに、「生れつき」というものなのだろう。

「お風呂ですよ」

と、志乃が戸を開けて、裸にしたあかねを抱いてくる。

「よし。――さあ、入ろう」

あかねは爽子と似てお風呂好きだ。しかし、爽子のようにはしゃいで遊ぶのではなく、一緒にお湯に浸《つか》っていると気持良さそうに寝てしまう。

「将来は温泉好きになりそうね」

と、志乃がいつも笑っている。

体を洗ってやり、お湯にたっぷりと浸ると、今日もあかねはウトウトし始めた。

耳にお湯が入らないように、頭を支えた左手の親指と中指で耳をふさいでおく。――手の小さい志乃は、これに苦労するようだ。

——ふしぎな気がする。

志乃とあかねのことを打ち明けたとき、布子は冷静だった。おそらく察していたのだろう。布子に対して申しわけないという気持は、もちろん今でもある。しかし、こうして今自分が抱いて支えているあかねもまた、現実にこの世に生きている。そして、河村が支え、育てて行くべき命なのだ。

すまない、布子……。

河村は心の中で妻へ詫びた。

「——あなた、まだ？」

戸の向うから、志乃が訊いた。

「ああ。もう眠っちゃってるよ」

「また？　本当にお風呂が好きね」

「さ、上るぞ」

河村はそっと宝物を捧《ささ》げ持つようにあかねをお湯から出し、自分もゆっくりと浴槽から出た。

志乃が戸を開け、

「はい、じゃもらうわ」

と、タオルの上にあかねを抱き取る。「ゆっくり入って」

「ああ。いいよ、僕が閉める」

河村は、あかねを抱いて運んで行く志乃の後ろ姿をちょっと見送ってから、戸を閉めた。

志乃も、あかねがもう少し大きくなったら仕事を捜すと言っている。今は自分の貯金と河村からのお金で暮していた。

布子も、そのことは承知している。むしろ、志乃とあかねが暮しに困るようなことにはしないようにと河村へ念を押していた。

河村は体を洗って、もう一度少し熱くしたお湯にゆったりと浸った。

ともかく、今はまだ平和だ。──まだ。

いつか、爽子や達郎、そしてあかねも大きくなる。そのときには、自分が重荷を負わなければならない。

だが、今は……。今は、まだ……。


「──いいね」

と、田端将夫が言った。

ホッと空気が緩む。

それほど、会議室の中は張りつめた雰囲気だったのである。

「杉原君、どう思う」

田端が爽香の方を見る。

「とてもいいと思います。無味乾燥《むみかんそう》な〈完成予想図〉になっていませんし、趣味的な絵画でもありません」

爽香の言葉に、田端は肯いて、

「その通りだな。——これで行こう」

会議室の広いテーブルに、十数枚のスケッチが広げられている。

それは〈レインボー・プロジェクト〉による老人ホームの〈完成予想図〉だった。

水彩の美しい色合いが活《い》かされて、一枚ずつが印象的な仕上りだ。

「待っていたかいがあったね」

と、田端は言った。「よろしく言ってくれ」

「今、電話してやっていいでしょうか。きっと胃の痛む思いをしていると思うので」

担当の社員が腰を浮かす。

「いいとも。ちゃんと苦労に見合ったものを作ると言ってくれ」

「はい」

——〈完成予想図〉を、田端は若手のイラストレーターに依頼した。

建築事務所の設計担当者の絵では、建物が描《えが》けても、そこにいる人間が描けない。

「普通のマンションじゃないんだ。そこで暮している老人たちの息づかいを感じさせてくれなくては、パンフレットを見た人が、入居したいと思わない」

田端の言葉には、彼がこのプロジェクトにかける熱意が表われていた。

しかし、描いて来る絵はどれも設計図と合わなかったり、人ばかりが目立ったりして、何度となく描き直しをさせることになった。

そして今夜、やっと納得のいく仕上りのものができて来たのである。

「これでパンフレットが作れます」

と、担当者はニコニコしている。

「コンピューターグラフィックの製作会社にも、これのカラーコピーを渡してくれ。このイメージで行く」

「かしこまりました」

「しかし――これは絵だ」

と、田端は言った。「我々は実際にこれを建てるんだ」

集まった誰もが、改めて表情を引締《ひきし》めた。

「ご苦労さん。今日はこれで」

と、田端が言うと、みんなが席を立った。

もう夜十時になっている。

今夜、絵が上ってくるというので、プロジェクトチームの全員が待っていたのである。

「——今、電話で連絡してやりました」

イラストレーターを担当した社員が戻って来て言った。「喜んでるというより、気が抜けたような声を出してました」

「ずいぶん時間を取らせたろう。支払いは明日にでもしてやってくれ」

と、田端は言った。

「はい」

と、その社員は行きかけて、「——社長に言づけを頼まれました」

「何と言ってた？」

「『いい勉強になりました』と。それだけです」

——会議室には、田端と爽香の二人が残った。

「良かったですね」

と、爽香が言った。「中途半端なところで妥協していたら、イラストレーターにも良くありませんでした」

「うん。散々《さんざん》恨《うら》まれてるかと思ったが」

田端はホッとした表情だった。

二人はテーブルに広げたスケッチを眺めて行った。

「これを本物にするのは、大変なことだ」

「そうですね」

「君は、どの絵が好きだ？」

「ええと……」

爽香は、一枚ずつの絵をゆっくり見て行ったが——。「これ……ですね」

それは建物の中の絵ではなかった。

中庭に作られたプロムナード（散歩道）だった。あまり広くは取れなくても、できるだけ長く歩けるように、そのプロムナードはクネクネと蛇《へび》のように曲っている。

今、そこを腕を組んだ老夫婦が、ゆっくりと歩いている。他にも、車椅子を押してもらっている老婦人。押しているのは夫だ。

他に、遊びに来た孫を楽しげに案内している老婦人。

そして、その人々すべてを、柔らかな夕陽が包んでいる。

建物の白い壁は茜色《あかねいろ》に染《そま》って美しい。

「——そうだな」

と、田端は肯いて、「描いた人間の優しさが出てる。この色に」

「ええ、きれいですね。本当に人生の黄昏《たそがれ》どきのよう」

「ああ、いい色だ」

「本当にこれが建ったら……。私、このプロムナードで、ずっと夕暮を眺めているかもしれません」

「おい、それじゃ困る」

と、田端は笑って、「君はもう他の仕事で駆け回ってるよ」

爽香は顔をしかめて、

「これ以上、こき使うつもりですか？」

と言った。

12　署名

博志を幼稚園から連れて帰ると、電話が鳴っていた。

幸代は急いで玄関を上ると、電話に出た。

「はい、中堀でございます」

「ああ、中堀君の奥さんですか」

と、しゃがれ声の男だ。「課長の杉崎《すぎさき》ですが」

「あ、どうも、主人がいつも」

「いや、もう『いつも』じゃないですがね」

「は？」

「突然辞められて迷惑してるんです」

「辞めた……」

幸代は啞然とした。

「ロッカーに私物が残ってましてね。取りに来ないと、こっちで処分すると、そう伝えて下さい。それじゃ――」

「待って下さい」

と、幸代はあわてて言った。「主人は会社を辞めたんですか？」

少し間があって、

「ご存知《ぞんじ》なかった？」

「ええ。――会社には休みの届を出してあると」

「辞表ですよ、突然」

「それは……ご迷惑を」

「いや。しかし奥さんもご存知ないとはね。何を考えとるんですかね、あの男は」

と、呆れている。

「――あの、主人、東京に行ったきり、まだ戻らないんです。連絡してみますが」

「分りました。ともかく、ロッカーの物を処分していいのかどうかだけでも、訊いて下さい」

「はい、本当に申しわけも……」

と、幸代はくり返して、何度も頭を下げた。

「ママ、おやつは？」

博志がふくれっつらをして立っている。

「ああ。――ごめんなさい。ちょっと待って」

幸代は冷蔵庫からフルーツゼリーを出して、「これでいい？　こぼさないで食べてね」

博志がダイニングの椅子にかけて食べ始めると、幸代はコードレスの受話器を手に廊下へ出て、夫のケータイの番号へかけた。

「——もしもし、あなた？」

「何だ？　今、忙しいんだ」

中堀の苛々《いらいら》した口調が、幸代をためらわせる。——帰ってから文句を言われそうだ。

いや、文句だけならともかく、殴られるかもしれない。

しかし、はっきりさせなくては。私だけじゃない。二人の子供の暮しがかかっている。

「あなた——会社を辞めたの？」

向うはさすがに少し沈黙した。

「それがどうした」

「どうした、って……。ロッカーの私物を処分していいか、って課長さんから」

「そんな物、好きにしろと言っとけ！　今、大事な話し合いの最中《さいちゅう》なんだ」

「あなた——」

「切るぞ」

中堀は通話を切ってしまった。

幸代は、しばし受話器を握りしめたままだった。

「ママ」

と、博志が呼ぶ。「落っこっちゃった」

「待って」

床に落ちて砕《くだ》けたゼリー。――それを拭いている内、幸代は、

「私がしっかりしなきゃ」

と呟いていた。

なぜか、あの杉原爽香のことを思い出していた。あの人なら、こんなときでもメソメソ泣いていないだろう。

「ごめんね」

博志は、ちょっと怯えたように幸代を見ていた。

幸代は苦笑した。――そんなに怖い顔してたのかしら？

「いいのよ。でも、もったいないでしょ。もう落とさないでね」

「うん」

幸代は、夫の会社へ電話して、課長に夫の勝手を詫び、

「処分されるのもお手数でしょうから、明日にでも引き取りに参ります」

「分りました」

課長は、さっきより大分穏《おだ》やかな口調になって、「しかし、奥さんにも話してないとはね。

何をしてるんです？」

「さあ、私にも一向《いっこう》に……」

「大変ですな、奥さんも」

と、課長は同情してくれた。


「失礼しました」

中堀は、ケータイをポケットへ入れると、元の席へ戻った。

「――大体のことはお分りいただけたと思います」

と、門倉信吾は言った。「何かご質問は？」

門倉家の居間には、七、八人の男女が集まっていた。

門倉家といっても、信吾の家ではない。父、矢市郎の家である。

「一つ訊いていいかね」

と、不精《ぶしょう》ひげののびた男が言った。

「どうぞ」

「その会社――〈G興産〉に、この土地をできるだけ高く売る、ってことは分った。しかし、もし俺たちの反対運動のせいで、手を引いたら？　よそへ建てることにしたらどうなる？　土地が売れずじまいになるぞ」

「ご心配はごもっともです」

と、信吾は微笑《ほほえみ》を絶やさずに、「しかし、これほど大きな計画で、しかもマスコミにも発表しているんです。〈G興産〉としても、滅多なことで変更はできません」

居並《いなら》ぶ人々が肯く。

「むろん、タイミングは大切です」

と、信吾は言った。「こっちがあんまり早く引っ込んでは、値をつり上げることができません。といって、いつまでも譲《ゆず》らずに頑張《がんば》っていたら、向うもいやけがさして、ここを残したまま建てるように設計を変更するかもしれない。そこは私がうまく交渉して、一番値をつり上げられそうなときを見はからって妥協《だきょう》します」

「ねえ」

と、中年の主婦がちょっと手を上げて、「そりゃ、ここを売ったら、あんたは儲かるんだろうけど、私たちの土地が売れるわけじゃないのよ。協力はするけど、礼金は先にもらいたいわね」

他の面々《めんめん》も肯いた。——金のこととなると、肯き方にも力が入る。

「お気持は分りますよ。しかし、前もって払える額はたかが知れてる。それより、皆さんのご協力で、しっかり値をつり上げることが先でしょう」

信吾の言葉は、必ずしも集まった面々を納得させたわけではなかったようだ。

「——口約束じゃ、どうもね」

と、一人が言った。「後になって、そんな話はしてないなんて言われちゃ、かなわないものな」

「そうよ。何か書いたものが欲しいわね」

「そうだ。何かありゃ、我々も安心できる」

信吾の笑顔も、さすがに歪《ゆが》んだ。

「いいでしょう。——しかし、今ここで、というわけにはいかない。ここにいる中堀君はこの門倉家の娘の亭主です。彼が適当な文面を考えて、皆さんのお宅へ届けます」

ぼんやりと信吾の話を聞いていた中堀は、急に話が自分の方へ振られて来たので、あわててメモを取った。

「よろしいですね。では、よろしく——」

信吾は、他の質問が出ない内に、早口で打ち切ろうとした。

そのとき、玄関の方で音がしたと思うと、

「お義父様《とうさま》！　ちょっと待って下さい！」

と、宣子の声がして、居間のドアが開くと、矢市郎が立っていた。

「父さん。どうしたの？　早いね」

と、信吾は言った。

「何をしてるんだ?」

と、矢市郎は集まった男女をザッと見渡して、「あんたたち、わしの家へ上り込んで、どういうつもりだ? 付合いなどしたことがないぞ」

「父さん! これは僕の用事で集まってもらった人たちなんだ」

と、信吾が立ち上って、「もう、皆さん、帰られるところだから」

と、矢市郎を押し出そうとする。

「お前の用なら、お前の家でやれ! どうしてここを勝手に使うんだ!」

と、矢市郎は足を踏んばって、「ここは俺の家だ! 勝手な真似《まね》は許さん!」

「分った分った。——悪かったよ。ちょうどこの辺りで用があったもんだから。もうしないから。ね、そう怒ると体に悪い」

「誰が怒らせとるんだ? 早く出て行け!」

矢市郎が一喝《いっかつ》すると、集まっていた面々はあわてて出て行った。

「——おい」

と、矢市郎は居間のテーブルに並んだ湯呑み茶碗を見て、「これは一体誰が出した」

「父さん。何だって言うんだ? 安物の湯呑みぐらいで——」

「安物だと?」

矢市郎は顔を紅潮《こうちょう》させて、「お前は値段にしか関心がないのか。この茶碗はな、母さんが使っていたものだ！」

と、一つの湯呑み茶碗を取り上げた。

「お義父様……」

宣子がおずおずと、「すみません、知らなかったものですから……」

「二度と、台所のものをいじるな！」

矢市郎は妻の茶碗を手に、居間を出て行こうとして、中堀を見ると、

「――何だ、あんたは？」

「父さん。中堀君じゃないか。幸代のご主人の」

「分っとる。しかし、幸代と孫たちはもう帰ったぞ。あんたはこんな所で何をしとる？」

中堀が答えに詰《つま》っていると、信吾が代って言った。

「中堀君には、僕の仕事を手伝ってもらってるんだよ」

「あんたには勤めがあるだろう」

「ええ、まあ……」

「早く帰ったらどうだ」

そう言い捨て、矢市郎は居間を出て行った。

――しばらく、気まずい沈黙があった。

「あなた……」

と、宣子が言いかける。

「どうしたんだ！　少なくとも二時間は連れ出せと言ったろう。まだ一時間たったばかりだぞ」

「だって、どうしようもなかったのよ！　お義父様が急に帰ると言い出して。必死で止めたわ。でも――」

「もういい！　役に立たない奴だ」

信吾は憤然《ふんぜん》として、「早く片付けろ」

宣子もムッとした様子で、湯呑み茶碗を片付け始めた。

中堀は咳払《せきばら》いして、

「あの……俺はやっぱり遠慮した方が……」

「そんな必要はないよ。――ともかく、計画は動き出したんだ。君にも目一杯《めいっぱい》働いてもらう」

「はあ……」

「署名集めだ。――さっきの連中の名前をフルに使って、この辺の家の署名をできるだけ沢山集めてくれ」

「僕がですか？」

「もちろんさ。金が欲しいだろ？」

「ええ」

「じゃ、やるんだ！　じっと待ってたって、金は転《ころが》り込んじゃ来ないよ」

信吾にポンと背中を叩かれて、中堀は飛び上った。

——信吾と宣子は、矢市郎の家を出て、歩きながら、

「うまく行く？」

「何としても、やるんだ。——しくじりゃ、俺たちはおしまいだ」

と、信吾は言った。

「でも、お義父様があんな風じゃ……」

「頑固《がんこ》じじいめ」

と、信吾は吐き捨てるように言った。

「ねえ、別に値をつり上げなくても、適当なところで折り合えば？　それだって、結構な金額でしょ」

「しかし、親父の金だ」

二人は、黄昏かける道を歩いていた。

「——でも、いくらで売れても、お義父様のお金には違いないわ」

「俺たちの金にすればいい」

「どうやって？」

信吾はニヤリと笑って、

「心配するな。ちゃんと考えてある」

と言った。「しかし——あの様子じゃ、こっちも少し急がないといかんな」

「でも、まさか——」

と、宣子は言いかけてやめた。

「——何だ」

「別に。何でもないわ」

宣子は首を振って、「中堀さん、会社まで辞めて、大丈夫なの?」

「単純な奴さ。俺の言うことなら、何でもやる」

と、信吾は笑った。

「幸代さんが怒ってるわよ、きっと」

「小さいガキが二人もいる。動けやしない。——ともかく、こんなときには、中堀みたいな奴が役に立つんだ」

そう言って、信吾はタバコを取り出すと、ライターで火をつけた。

13 恐怖

「それじゃ、私、ここで」

と、最後の友だちが電車を降《お》りて行った。

三宅舞は、電車が動き出すと、ホームを歩いている友人に手を振った。向うも手を振ってくれる。

でも、すぐに電車はホームを後にして、友人の姿はたちまち見えなくなった。

夜、十時半を少し回っていた。舞ももう二十二歳、これくらい遅くなることは珍しくない。

電車はずいぶん空いていて、舞は長い座席の真中辺《まんなか》りにゆったりと腰をおろしていた。

初めからわざと真中に座っていたのではなかったが、両側の乗客が次々に降りて行って、舞一人になってしまったのだ。

大学でのサークルの会合。といっても、飲んだり食べたりするだけの会で、名目《めいもく》だった「話し合い」は早々と、

「その話はこの次」

と、先送りされてしまった。

舞はそうアルコールに強い方ではないので、ビールを二杯ほど飲んだだけで、専《もっぱ》ら食事の方に熱中した。

お腹が苦しいほど一杯で、ビールの酔いも少し残っている。電車の揺れに身を任せていると、つい瞼《まぶた》がくっつきそうになった。

すると——誰かが舞のすぐ隣に座った。

何よ……。こんなに空いてるんだから、そんなにくっついて座らなくたっていいじゃないの。

その乗客の方へ目をやると、そこには有藤三郎の顔があった。

——舞は、夢の中かしら、と思った。

「やっと会えたね」

と、有藤が言って、舞はこれが現実のことだと知った。

「有藤君……」

「留守電、聞いてくれた?」

「え……。あの——今、うちの留守電、調子悪いの。いつ帰って来たの?」

「最近さ」

有藤はニコニコしている。はた目には、仲のいいカップルと見えたかもしれない。

「でも……有藤君、向うで就職するって言ってたよね」

「もうアメリカには戻らない」

と、有藤は言った。「大体、親の都合で行かされてたようなものなんだ」

有藤がちょっと座り直して、舞にぴったりと寄り添うように座った。

舞は寒気がしたが、それを有藤に気付かれてはならなかった。

「有藤君、どこに行くところだったの？」

と、舞は訊いた。

「どこへって？」

「だって——偶然でしょ。この電車に乗ったの」

偶然でないことは舞にも分っている。しかし、あくまで有藤のことを怪《あや》しんでいると思われないようにしなくては。

「偶然じゃないよ」

有藤は楽しげに言った。「君の行く所、ずっとついて歩いてたんだ。一人になるのを待ってた」

「ずっと？」

「今朝、君が家を出るときからね」

常識で考えれば、それは異常な行動だ。しかし有藤は舞がそう受け取ることなど、全く考えていない。

「そう……」

「君はいつだって僕のそばにいなきゃ。だって、僕らは恋人同士なんだもの」

皮肉《ひにく》でも何でもない。本当にそう信じているのだ。

「さあ、どこに行こうか」

と、有藤が言った。「君の行きたい所でいいよ」

「行くって……これから？　遅すぎるわ。私、家へ帰らなくちゃ」

有藤の顔から笑みが一瞬にして消えた。

「僕がどれだけ待ったと思うんだ？　君はその分、埋め合せする義務がある」

何の義務もないわ！　そんなもの、ないわよ！

そう叫びたかったが、こらえた。

何とか家へ帰らなくては。――しかし、どう言えば有藤が納得するだろう。

「でも、私が帰らないと、家で心配するわ。あんまり遅くなったら、警察へ届けたり――うちの親はそうしかねないの。そうしたら大変でしょ」

「警察」という言葉を出せば、有藤が少しはひるむかと思った。

しかし、有藤は平然《へいぜん》としている。

「捜させりゃいいさ。どこにいるかなんて分りゃしない」

どうしよう？――有藤は両手をポケットに突っ込んでいる。

そんなに寒い時期でもないのに、不自然だった。もしかして、ポケットの中でナイフでも握りしめているのか、と舞は思った。

まさか、他に人のいる電車の中でそんなことはしないだろうと思うが、しかしアメリカでボーイフレンドが刺されている。何が起ってもふしぎではない。

まだ、舞が降りる駅まで二十分近くかかる。

——どうしよう?

舞は膝の上のバッグを見下ろした。

有藤は目を上げて、車内の吊《つ》り広告を眺めているようだ。

バッグの口は三分の一くらいファスナーが開いて、舞の方へ向いている。

中にケータイがある。

舞はそっと右手の指先をバッグの中へ忍び込ませた。指先がケータイに触れた。

最後にかけたのは、誰あてだったろう?

そう。——夕方、大学を出るときに、杉原明男へかけて、その後は?

飲んだり食べたりしていて、どこにもかけていないはずだ。大体、店の中がやかましくて、ケータイを使える状態ではなかった。

ということは——リダイヤルボタンを押せば、明男にかかる。

うまくやれるだろうか?

心臓が高鳴《たかな》る。——リダイヤルボタンはこれだ。

舞はバッグの中で、リダイヤルボタンを押し、電話をかけるボタンを押した。これでうまくいけばつながるはずだ。

じっと耳を澄ましていると、呼出し音がかすかに聞こえて来た。電車の音のせいで、有藤の耳までは届くまい。

お願い！　出て！　出て！

祈《いの》るような思いで、舞は唇をかんだ。

助手席でウトウトしていた爽香は、ケータイの着信音で目を開けると、

「明男のじゃない？」

と言った。

爽香自身のケータイはメロディが鳴るようにしてある。明男はそんなセットが面倒なので、ただの着信音だ。

「ああ。——いいさ」

明男はハンドルを握っている。仕事のときでも、運転しながら電話に出ることは決してなかった。

もっとも、今はもちろんトラックを運転しているわけではない。自分の車で、爽香と二人、外で食事をして帰る途中である。

「出たら？」

ケータイは鳴り続けている。

たとえ夫婦でも、相手のケータイに勝手に出たりすることはしない。

「うん……。誰だろう？」

明男は車を道の端へ寄せて停めると、ケータイをポケットから取り出した。

「あの子だ」

「舞って子？」

「うん。――もしもし」

明男は出てみたが、「――もしもし？」

「切れた？」

と、爽香は言った。

「いや……。つながってるみたいだけどな。何か音がしてる。電車の中かな」

明男は眉を寄せて、

「声がする」

と、耳を澄ました。


つながった！

呼出し音が途切れて、かすかに声らしいものが聞こえた。舞はそっと息を吐《は》いた。

お願い。切らないでね。

「——有藤君」

舞は少し声を大きくして言った。「ね、有藤君」

「うん?」

「私——一度は家へ帰らなきゃ。この格好じゃ、どこへも行けないわ。お金も大して持ってないし」

「でも、また出て来られるかい?」

「ええ。両親はたいてい居間でTV見てるから、そっと玄関から出れば、しばらくは気付かれないわ」

「見付かったら?」

「大丈夫よ。うまくやるわ」

舞はちょっと窓の外を見て、「N駅まであと十五分くらいだわ」

と言った。

——明男に聞こえているだろうか?

でも、聞こえたとしても何ができるだろう。——舞は、ともかく自分の家まで無事に辿り着こう、と思った。

不意に、有藤が舞の肩に手を回して抱いた。反射的に舞は身を縮めた。

「怖いの？」

と、有藤はけげんな表情で言った。

「だって——いきなりだから」

「君、あいつとキスだってしてたじゃないか。肩を抱くぐらい……」

舞は表情を固くした。

「ティムのことね」

つい、口が開いていた。

「うん。あいつなんかには、君はもったいない。君だって、あんな奴、本気で好きだったわけじゃないだろ」

「でも——いい人だったわ」

黙ってはいられなかった。「刺されるような悪いこと、してないわよ、あの人は」

舞がそこまで言うとは思っていなかったのか、有藤は曖昧《あいまい》に笑って、

「まあ、確かに人は良かったけどね」

と言った。

あなたが刺したの？　そうなんでしょ？

言葉が口から出そうになるのを、何とかこらえた。

「傷は大したことないって聞いたよ」

と、有藤は付け加えた。「犯人は捕まってないみたいだな。あの辺は事件が多いからね」

白々《しらじら》しい有藤の言い方に、舞は怖さを通り越して怒りを覚えた。しかし、今は我慢しているしかない。

「ああいうことがあるからね」

と、有藤は言った。「僕が君を守ってあげなくちゃいけないんだ」

舞は黙っていた。——口を開けば、有藤に食ってかかりそうだ。

電車は、やっと舞が降りる駅へと近付いていた。

「次で降りなきゃ」

と、舞は言った。

「ああ」

有藤も、少し気をつかったのか、舞が立ち上るのを止めようとはしなかった。駅に着くまでが、途方《とほう》もなく長く感じられた。

やがて明るいホームが夜の中から近付いて来ると、舞はホッとした。しかし、有藤の右手はしっかりと舞の肩を抱き、左手はポケットに入れられたままだ。

電車が停り、扉が開く。——降りる客は、舞たちの他、四、五人だった。

ホームから階段を下り、駅の改札口へ向う。

駅員にでも助けを求めようか。でも、どれだけ本気にしてくれるか。

舞は気付いた。——自動改札を通るときは一人ずつだ。有藤も舞の肩から手を離さざるを得ない。

舞は定期券を取り出し、自動改札を通り抜けた。

すると——有藤がすぐ後から出ようとしたとき、パタッと出口が閉じたのである。

「何だよ!」

有藤が苛立って声を上げる。「ふざけるんじゃねえや!」

そのとき、改札口の正面に車が走って来ると、急ブレーキをかけて停った。

「舞ちゃん!」

運転席から明男が顔を出す。「乗れ!」

舞は車へ駆け寄って、後部席のドアを開け中へ飛び込んだ。

車が急発進する。

有藤が何か叫んでいたが、聞こえなかった。車はスピードを上げて広い通りへと出た。

「——大丈夫。追って来てないわ」

助手席の女《ひと》が言った。そして舞の方を振り向くと、

「三宅舞さんね。杉原爽香よ」

と言った。「よくケータイで知らせようって思い付いたわね」

「ちょうどリダイヤルできたんで――」

と言いかけて、舞は言葉を切った。

「へえ。明男、そんなにいつも舞さんとしゃべってるの？」

と、少し皮肉っぽく言う。

「あの――私が色々ご相談にのっていただいて……」

と、舞が言いかけると、

「いいのよ。それより、今の男の人、あなたの自宅を知ってるの？」

「はい。今朝からずっと尾《つ》けていたって」

「どうする？」

と、明男が言った。

「あのまま引き上げればいいけど……」

爽香が少し考えて、「ともかく、ご両親にこのことをお話ししないと。ああいう人は何をするか分らないから」

「はい」

「河村さんにも連絡しておきましょ」

と、爽香が自分のケータイを取り出す。

「――間に合って良かった」

と、明男が言った。「ケータイから話がちゃんと聞こえて来たよ。幸いこの近くにいたんでね。多少信号無視して突っ走った。もし捕まったら証言してくれ」

「ありがとう……。嬉しかった！」

舞は、自分でもびっくりした。気が緩んだのか、涙が溢《あふ》れて来たのだ。

「怖かったろう。泣いていいんだよ」

舞はハンカチで涙を拭うと、

「もう大丈夫。——すみません、ご迷惑かけて」

と、やっと微笑んで見せたのだった……。

14 皮算用

間に合った！

——中堀幸代はバスに駆け込むように乗って、息を弾ませた。

この時間なら、途中スーパーに寄って買物して帰っても、博志の幼稚園のお迎えに間に合う。

幼稚園の子は帰って来るのが早いので、母親としては行動を制約される。幸代は、そう外出する方ではないので、あまり苦にならないが、それでも今日のように夫の会社へ行かなくてはならないときなど、早く帰らなくては、と気が気でない。

スーパーの前でバスを降りると、幸代は中へ入ろうとしてためらった。

ここからは歩いても大した距離ではない。買物も十五分もあれば終るだろう。

幸代は、スーパーの並びにある喫茶店に入った。

日射《ひざ》しの入る、明るい店で、買物に来た主婦たちでにぎわっている。

奥まった席につくと、幸代は紅茶とケーキのセットを頼んだ。ささやかなぜいたくである。

これくらいはいいだろう。——辛い日だったのだから。

夫、中堀洋介が勝手に会社を辞めてしまって、東京から戻って来ない。幸代としては、夫の退職金を受け取らなくては、差し当りの暮しにも困る。

会社からも連絡があって、幸代は今日の朝九時に着くように行った。

中堀の直接の上司だった課長は、幸代に同情してくれて、いやな顔一つ見せなかったが、退職金について説明してくれた経理の担当者は、

「突然辞められて、困ってるんですよ。そんな奴に、退職金なんか出さなくてもいいと言う幹部もいますからね」

と、幸代にいや味たっぷりに言った。

幸代は、

「主人がご迷惑をおかけして」

と謝らねばならなかった。

そんな状況で、退職金は「ないよりまし」という程度だったが、それでも、今後の暮しを考えると大切にしなくてはならない。

甘いケーキを食べ、紅茶の熱さが胸に広がって行くと、幸代は束《つか》の間《ま》、不安を忘れることができた。子供のよう、と馬鹿にされるかもしれないが。

ケーキを食べ終え、テーブルの紙ナプキンで口を拭いていると、誰かが傍《かたわら》に立った。見上げて、幸代は戸惑った。——誰だったろう?

「中堀さんの奥さんよね」

と、その女は言った。

「そうですが……」

女は幸代の向いの席に腰をおろして、

「私、水谷智江《みずたにともえ》。お宅のご近所よ」

と言った。

「ああ……。洗剤のセールスをやっておられた……」

「そう。憶えててくれた？」

水谷智江は、幸代には納得できないなれなれしさで、ウエイトレスを呼ぶとコーヒーを注文した。

「伝票は――」

と言うウエイトレスに、

「一緒でいいわ」

水谷智江は幸代をまじまじと眺めて、「――なるほどね」

と言った。

「何ですか？」

「何だか気の滅入《めい》る顔だわ。あの人がよくグチ言ってるのも分る」

幸代は、怒るより呆気に取られてしまった。

「何のお話ですか?」

「あんたのご亭主の話よ」

「主人の?」

「東京からさっぱり帰って来ないわね。会社も辞めたんですって?」

「どうしてそんなこと……」

「あの人とケータイで話したの」

幸代は初めてその可能性に気付いた。

「主人と……お付合いされてるんですか」

「そうよ。全然気付かなかった? あんたも相当鈍《にぶ》いわね」

と、水谷智江は笑って言った。

「でも……主人がいつ帰るか、私にも分りません」

「うん。それはいいの。ただね、あんたの亭主とのことが、うちの主人にばれたの。主人、カンカンで、あんたの亭主を訴えるって言ってるわ」

幸代は、さすがに腹が立って来た。

「そんなこと……。無茶《むちゃ》です!」

「主人は怖いの。すぐ暴力振うんでね。ご亭主がいなかったら、あんたや子供さんにだって、何するか分んないわよ」

幸代は青ざめた。自分はともかく、子供たちのことは心配だ。

「どうしろと――」

「お金よ」

と、水谷智江は即座に言った。「主人への慰謝料《いしゃりょう》として、五百万くらい出してくれりゃおさまると思うわ」

幸代は言葉もなく、女を見つめていた。

「知ってるのよ」

と、水谷智江は、コーヒーにクリームと砂糖をたっぷり入れながら、「あんたの懐《ふところ》にまとまった金が入るってことはね。その内五百万、こっちへ回してもらえばいいの。それで、私もご亭主と別れてあげる。安いもんでしょ？」

幸代は、悪い夢でも見ているのかと思っていた……。


「もしもし」

「爽香君か。河村だけど」

「あ、どうも」

爽香はケータイを手にしていた。

「その後のこと、気にしてると思ってね。今、大丈夫かい？」

「ええ。ただ、車の中なんで、電波の具合が悪くなるかもしれません」

「運転してるわけじゃないよね」

「助手席です」

爽香は、社長の田端と一緒に、〈レインボー・プロジェクト〉の建設予定地へ車で向っているところだった。

運転しているのは麻生賢一である。このところ、爽香の仕事を手伝うようになって来ていた。

田端は一人後部座席で退屈そうにしている内、眠ってしまっていた。

ポカポカと暖《あたた》かい日で、車に乗っていると確かに眠気《ねむけ》がさして来る。

「――それで、何か進展がありました？」

と、爽香は訊いた。

「有藤三郎のことは大分分ったよ。例の子――三宅舞だっけ？　あの子の言ってた、アメリカで彼女のボーイフレンドが刺された件だけどね。問い合わせてみたが、本気で調べてるとは思えない」

「じゃ、未解決のまま？」

「そうなんだ。手掛《てが》かりもなかったらしい」

「有藤がやった可能性もあるのね」

「ある。しかし、こっちじゃ捜査できないからね。一応有藤のことは向うにも言っといた」

「それで、あの子は大丈夫？」

「まあ、この間のように、同じ電車に乗って来たっていうだけじゃ、逮捕するわけにいかないんだ。しかし、一日、あの子の後を尾け回してたというから、一応警告はできる」

「危険ね」

「うん。しかし、今の段階じゃね。ただ、有藤の両親に話をした」

「何か言ってた？」

「いや、日本に帰ってたことさえ知らなかったらしいんだ。電話で話したらびっくりしてた」

「それで？」

「直接会いに行った。そして、あの子を追い回しているということも話した。有藤三郎は、都内のビジネスホテルに泊ってたよ。支払にカードを使ったんで、居場所が知れた」

「じゃ、今は？」

「両親が迎えに行って、家へ連れて帰ったよ。父親が、息子のことは責任を持って見ているから、その娘さんに安心するように伝えてくれ、ということだった」

「でも、それは――」

「うん。もちろん、あてにはならない。一日中、親が見張ってるわけにはいかないんだし、話した感じでは、口で厳しいことを言っても、息子にはかなり甘い」

「じゃ、やっぱり用心しないと」

「三宅舞には、事情を説明した。納得していたようだ。でも、用心のため、一人で出歩かないようにとは言っておいたが」

「それしかないわね。明男からも念を押しておくように言うわ」

「よろしく頼む。何しろこっちは役人だ」

「色々ありがとう」

「三宅舞に僕の連絡先を教えてある。——しかし、ああいうタイプの男は、邪魔をした人間を逆恨みしたりするからね。気を付けて」

「私は大丈夫。じゃ、布子先生によろしく」

爽香は通話を切って、息をついた。

「——何ごとだい？」

田端が急に口を開いたので、爽香はびっくりした。

「目が覚めてしまわれましたか」

「いや、普通に目を覚ましただけだよ。何の話だい？」

爽香は、三宅舞と、彼女を尾け回す男のことを、手短に話した。

「迷惑な話だなあ。しかも、下手《へた》をすれば命にかかわる」

「何でもなければいいんですけど」

「全くだね」

運転していた麻生が、

「じきです」

と言った。

「社長、どうなさいますか？」

「個別の交渉には僕は顔を出さないことにするよ。むしろ説明会や会見をきちんとやっておかないと」

「その方が。――麻生君、停めて！」

爽香が突然叫んだ。

麻生があわてて急ブレーキをかける。

「あの――何か？」

「立て看板が……」

爽香が指さした先に、白い板に真赤《まっか》なペンキで、〈老人ホーム建設断固《だんこ》反対！〉という文字が書かれていた。

「どうやら、うちのことらしいな」

「驚きました。こんな話、全く聞いてませんでした」

爽香は唖然としていた。

「何か誤解があるのかもしれないな。よし、降りて少し歩いてみよう」

と、田端は言った。

15 立札

爽香と田端は、建設予定地の一帯を歩いて回った。

車を運転して来た麻生も、駐車する場所を見付けると、二人の後を追いかけて来た。

「――息を切らすほど走って来なくてもいいのよ」

と、爽香が笑って言うと、麻生は大真面目《まじめ》に、

「いえ、杉原さんの身に万一のことがあったら、切腹しなきゃいけませんから」

田端が面白がって、

「すると、ここで僕が誰かに襲われても、お前は杉原君の方を守るんだな？」

麻生はそう言われて焦ると、

「いえ、そういうわけでは――。そのとき次第です」

「冗談よ」

爽香は角を曲って、「――社長、あそこにも」

〈老人ホーム建設断固反対！〉の立札は、あちこちに立っていた。

「妙ですね」

「会社に抗議の電話でもあったか？」

「聞いたことがありません」

と、爽香は首を振って、「それに妙なのは、この立札ですけど、どこも全く同じです」

「なるほど」

白い板に赤いペンキで書かれた文字。

「ペンキの色も、文字も同じです。ということは、各戸の家の人が作ったんじゃなくて、どこかでまとめて作っているんです。それに、立ててある場所も決ってます。ほとんど等間隔です」

田端は振り返って、

「そうだったか？」

「ええ。それに、角を曲ると、たいてい二、三軒目の家の前に立てられています」

「なるほど。——さすがに色々事件に係って来ただけのことはあるね」

「社長、からかわないで下さい」

と、爽香は少し頰《ほほ》を赤らめた。

田端はその立札の前で足を止めると、

「よし。——一つ、直接訊いてみよう」

「え?」

田端は〈老人ホーム建設断固反対!〉の立札を玄関脇に立てている家のチャイムを鳴らした。

少しして、インタホンから、

「はい、どなた?」

と、眠そうな女性の声がした。

「〈G興産〉の者です」

「どこ?」

「お宅の前にある立札の老人ホームを建てることになっている会社です」

「ああ……。あの――ちょっと待って」

少し時間があって、玄関でガタゴト音がすると、ドアが開いた。

「突然お邪魔して申しわけありません」

と、田端は愛想良く言った。「近々ぜひこの辺りにホームを建設したいと思っておりますので、なぜ反対されているのか、ご意見を伺いたいと存じまして」

どうやら昼寝していたらしい。その主婦は、髪もボサボサで、

「まあ……そう言われてもね……」

と、モゴモゴ言っている。

「ご迷惑でなければ、ぜひ数分でもお話を」

「迷惑ってわけじゃ……」

面食らっている主婦は、結局田端たちを家へ上げてしまった。

田端が名刺を渡すと、

「まあ、社長さん？」

「はい。これは今回のプロジェクトの責任者の杉原です」

と、田端は言った。「それで、なぜお宅ではホームの建設に反対でいらっしゃるんでしょうか」

「困ったわね……。うちは別に賛成でも反対でもないのよ。ただ、頼まれてね」

「しかし、お宅の前に立札が」

「ええ。目立つ所がいいんだって言われて。うちは何もしてもらってないんですよ」

「してもらう、と言いますと？」

「中には——家の前に立札を立てさせてやるからって、五千円とか一万円とか払わせた所もあるって。噂《うわさ》ですけどね」

「すると、お宅では特に反対というわけでは……」

「だって、よく知らないのよ。どこに建つの？」

「そのことも含めて、近々説明会を開きます。もちろん、皆さんのご意見もお聞かせいただきたいので」

「そう。——ま、人間誰でも年齢《とし》とるんだしね」

「そうおっしゃっていただけると幸いです。——では、あの立札は誰が？」

「ええと……何て人だったかしら。自分はこの辺に住んでるわけじゃないの。ただ、父親が——いえ、確か奥さんの父親が、土地を安く買い叩かれるとか……」

「そこは何という——」

「門倉さんっていうの。最近、奥さんを亡くして」

爽香にも察しがついた。

「あ、そうそう。中堀とかいう人だわ」

「その方が代表になって、反対運動をしてらっしゃるんですね」

「反対運動ってほどのものかしらね。署名は頼まれたけど断ったの。以前にね、何気《なにげ》なく署名してひどい目に遭《あ》ったことがあるから、絶対しないことにしてるのよ」

「それは賢明なことですよ」

と、田端はうまく相手を持ち上げて、

「その——中堀さんは、どうしてホームの建設に反対なのか、おっしゃっていましたか」

「さあ……。よく憶えてないわ。ともかく、立札だけでも立てさせてくれ、って言われてね。あんまりしつこいんで、面倒くさくなって、どうぞって言っちゃったの。いけなかったかしら？」

「いや、そのお気持はよく分りますよ」

田端はていねいに礼を言って、その家を出た。

「麻生」

「はい」

「この家の住所と名前をメモしとけ。後でお菓子でも送っておくんだ」

「分りました」

麻生が早速手帳を取り出し、メモを取る。

「社長」

と、爽香は言った。「門倉矢市郎さんはたぶん、何もご存知ないと思います」

「うん。君の言ってた息子というのが、どうやら怪しいな」

「門倉信吾といったと思います。借金があって、かなり困っているはずですわ」

「しかし、立札を立てて回ってる、中堀っていうのは――」

「確か高松に家があるはずです。矢市郎さんの奥様の告別式で見かけましたけど……」

「土地は父親一人の名義だろう?」

「そうです。土地を売ったお金を、父親から引き出したいんだと思います」

「やれやれ」

田端はため息をついて、「親の財布をあてにするようじゃ、困ったもんだな」

「門倉さんのお宅へ行ってみましょうか」

と、爽香は言った。「この立札のことを――」

「いや、その話はまたにしよう」

と、田端は言った。「今日はお線香を上げさせてもらうだけにしておこう」

「はい」

爽香は、田端のやり方に感心した。

今すぐ門倉矢市郎の所へ行って、娘婿《むすめむこ》のしていることを教えてやるのは簡単だ。しかしそうなると矢市郎と息子の間でもめ事になるのは目に見えている。

それは、はた目には爽香たちが「父と息子をわざと争《あらそ》わせた」と映るだろう。

そうなれば、むしろ信吾にとって思う壺《つぼ》である。「〈G興産〉の汚ないやり方」を言いつのるに決っている。

田端が人の反応を冷静に、長い目で見ていることに、爽香は感心したのである。それができるところに、田端の経営者としての素質を見た。

「――ここです」

爽香は門倉矢市郎の家のチャイムを鳴らした。

少し間があって、

「誰だ？」

と、不機嫌そうな声がした。

爽香が名のると、すぐに玄関のドアが中から開いた。

「あんたか！　不愉快な声を出してすまんね」

「いいえ」

「日に一度は息子の嫁がやって来るんだ。うるさくてかなわん」

爽香は田端を紹介し、矢市郎の妻、とめ子の仏前にお線香を上げさせてほしいと頼んだ。

矢市郎は快《こころよ》く三人を上げてくれた。

爽香は、家の中が、多少雑然としてはいるものの、掃除などが行き届いているのを見て、ホッとした。

田端は遺影の前へ来ると、

「杉原君、君から」

と促した。

「でも、社長――」

「君が先にお焼香するべきだよ」

「はい」

爽香と麻生が焼香し、田端は最後に回った。

「――伺うのが遅れまして」

と、田端は矢市郎の方へ向いて頭を下げた。

「いやいや」

矢市郎は首を振って、「あんたが社長さんか。若いね」

「まだ人生経験が浅いので」

「しかし、あんたは幸せだ。いい部下を持っている」

「恐れ入ります」

爽香は台所へ行って、矢市郎の分もお茶をいれた。

「門倉さん。お掃除などは、息子さんの奥様が?」

と、爽香が訊くと、矢市郎は顔をしかめて、

「あんな女に勝手なことをされては苛々するばかりだからな。掃除も洗濯も自分でやっとる」

「まあ！　ずいぶんよく片付いてますね」

「ああ。やってみると、家事ってものも面白いもんだ。女房一人にやらせてたのが残念なくらいだよ」

と、矢市郎は笑った。

「何かご用があれば、おっしゃって下さい」

「ありがとう。――あんたのような人はいない。あのときの親切は身にしみたよ」

「そんな……」

「土地の買収のことでみえたんだろ？　高く売るつもりはない。そっちで妥当《だとう》な値をつけてくれて構わんよ」

「ありがとうございます」

田端は頭を下げ、「しかし、その件はまだ色々手続がありまして。まず近隣の方々も含めて、私どもの計画をよく理解していただく必要があります。そのための説明会を近々開きます」

矢市郎は肯いて、

「用心しなさいよ」

と言った。「娘の亭主の中堀というのが、この辺で反対の署名とやらを集めておる」

「ご存知でしたか」

「もちろんだ。何しろどこの家でも年寄《としより》は暇でね。『今、誰が来た』とか、『こんなことを言って回ってる』とか、電話して来てくれる。なに、企《たくら》んでるのは息子の信吾だ」

「門倉さん」

と、田端が言った。「そのことで、息子さんと気まずくなられては、こちらとしても――」

「私は一向に構わんがね」

と、矢市郎は肩をすくめた。「ただ、娘は可哀そうだ。あんな亭主に苦労させられるくらいなら、別れてやればいい」

「中堀さん、お勤めはどうなさってるんでしょう」

と、爽香が訊くと、

「会社を辞めたそうだ。幸代に一言の相談もなかったらしい。――信吾に憧れとるからな、あの男は」

「いや、よく見ておられますね」

「この年齢になれば、人の考えてることぐらい、ちっとは分るようになってくるよ」

矢市郎はそう言って、「何か私で役に立てることがあれば言ってくれ」

と付け加えた。

――爽香たちが矢市郎の所を出て、別の道を回って車まで戻ろうと歩いて行くのを、タクシーから見ていたのは、門倉信吾の妻、宣子だった。

夫に言われて、毎日こうして義父《ちち》の所へやって来るが、応答もしてくれない。

信吾は、

「根《こん》くらべのつもりで通い続けるんだ」

と言うが、宣子の方は、もううんざりしていた。

「――停めて」

宣子は、確かに杉原爽香とかいう、矢市郎のお気に入りの女を認めて、タクシーを停らせた。

三人の姿が見えなくなると、宣子は料金を払ってタクシーを降り、ケータイで夫へ連絡した。

「――間違いないのか」

「ええ。他に男が二人、一人は上司でしょ。偉そうだったわ」

「親父の家へ……。そうか」

「どうするの？」

少し間があった。——宣子はなぜかその間をひどく長く感じた。

「今日は帰って来い」

と、信吾が言った。

宣子はホッとした。

「分かったわ。それじゃ……」

乗って来たタクシーは行ってしまったから、他の空車を拾わなくてはいけないが、それでも宣子の足どりは、ひどく軽くなっていた……。

16　華やかな日

「今日は」

爽香が受付に顔を出すと、

「わあ！　爽香さん！」

「元気ですか？――爽香さんよ！」

と、大騒ぎになる。

久しぶりの〈Ｐハウス〉だった。

明るいロビーへ入ると、何だか「帰って来た」という気分になる。

それでも、爽香の目はロビーの隅々から、受付のカウンターの上まで、素早く見ていた。

大丈夫。きちんと片付いている。

これでいい。――自分がいなくなった後を、後輩たちがしっかり受け継いでやっているのを見て、安堵した。

「爽香さん、今日はご用ですか？」

「栗崎様とお会いする約束なの」

「ご連絡しますか」

「いえ、ロビーで待つわ」

約束の時間にまだ五分あった。

しかし、爽香がロビーのソファに腰をおろすと、すぐエレベーターの扉が開いて、栗崎英子が現れた。

「あら、久しぶりね」

と、大女優は貫禄《かんろく》の笑顔でやって来ると、「元気にやってるみたいね」

「何とか。栗崎様もお忙しそうで」

「この前、ドラマの収録中に貧血起してね。それ以来少し仕事を控えてるの」

七十を越えて、体力は若い人並とはいかないが、まだ充分に美しい。

「お大事になさって下さい」

「お茶でも飲みましょう」

促されて奥のラウンジへ。

「――懐《なつか》しい？」

ソファにかけてコーヒーを頼むと、英子は訊いた。

「そうですね。何だか、自分が『お客様』になるって、妙な感じです」

「で、今日は何か用事？」

「はい。実は――」

爽香は、河村布子から頼まれていたこと――娘の爽子のために、ヴァイオリンの先生を捜すという約束を果しにやって来たのである。

「ヴァイオリンね」

と肯いて、英子はコーヒーを一口飲んだ。

「すみません、余計なお願いで」

「いいのよ。あの作曲家……。何てったっけ、TVドラマの作曲をよくやる人……」

映画音楽を作曲する人なら、音楽関係にコネがあるかと爽香は思い付いたのである。

それに、英子も何か頼まれれば喜ぶ。

「ああ、そう。永瀬《ながせ》俊一《しゅんいち》だ」

と、英子は思い出して、「だめね。最近はすぐ人の名前を忘れる」

「それって当り前です」

「そう？　ま、七十二ですものね。仕方ないか」

と、英子は笑って言った。「あの人は確か音大の学部長よ。ヴァイオリンの先生を紹介してくれるぐらい、簡単だと思うわ」

「よろしくお願いします」

「お安いご用よ」

英子はチラッと時計を見て、「――今日は急ぐの？」

「一時間ほどなら……。何しろ会議ばっかりなんです」

「偉くなると仕方ないわよ」

「ちっとも偉くなんかありません」

爽香は苦笑いした。

「そろそろ……」

と、英子が呟くと、どこやらで可愛いメロディが鳴った。「あ、かかって来たわ」

バッグからケータイを取り出す。

「もしもし。――ええ、ロビーに出て待ってるわ」

「お客様でしたら……」

と、爽香が腰を浮かす。

「あなたもいてくれなきゃ」

「え？」

――コーヒーを飲み干してから、二人はロビーへ戻った。

ちょうど玄関に車が着き、降りて来たのは、爽香も一瞬目をひきつけられる美しい少女。

「――春子さんですか」

「ええ。どう？　垢抜《あかぬ》けたでしょ」

英子が嬉しそうに言った。

プロダクションの社長に連れられて、ロビーに入って来たのは、亡くなったバリトン歌手、喜美原治の娘、春子、十六歳。

英子がスターの素質に目をつけて、知人のプロダクション社長、江戸に預けているのだ。

「栗崎さん——」

と、春子が急いでやって来る。

「こら。そう呼ぶなと言ったでしょ」

「ごめんなさい！　英子おばさま」

爽香は、ふき出してしまった。

「あ、杉原さん」

「私はさしずめ『爽香おばさま』？」

「『お姉さま』にする？」

と、英子が言った。

「爽香さんって呼んでいいですか」

「それが無難ね」

江戸が英子に挨拶して、

「今日、これからスタジオ入りして、CMの撮影です。化粧品の〈K〉ですから、一流どころで」

と言った。

「良かったわね。——オンエアされたら必ず見るわ。教えて」

「もちろんです」

と、江戸は言った。「それで——ドラマの方も、ぼつぼつ経験させておいた方が……。いかがでしょう？」

「私？　私みたいな脇役のおばあさんに何ができるの？」

心にもないことを言っている。今も、「気持は主役」だ。

「プロデューサーにも、ましなのがいるから、会ってみるといいわ。私、連絡するわよ」

「よろしくお願いします」

しかし——爽香はみごとに輝くばかりの「スターらしさ」を身につけた春子に、ずっと見とれていた。

「——じゃ、行って参ります」

と、春子が英子の手を握った。

車へ戻り、手を振って出かけて行く春子を見送って、

「わざわざここに寄らなくても……」

と言いながら、嬉しいのだ。

英子が、ちょっと涙ぐんでいるのに気付いて、爽香は微笑んだ。

かつてのボーイフレンドだった、喜美原のことを思い出しているのかもしれない……。

「すぐスターになりそうですね」

「じっくりとなってほしいわ」

と、英子は言った。「さて、それじゃ永瀬さんの所へ電話してみましょ」

せっかちなところは相変らずの英子だった。

そこが、爽香と気の合うところでもあったのだが。


「もしもし」

つながってはいるが、少しの間、返事はなかった。

三宅舞は待っていた。

「――ああ、舞ちゃんか」

杉原明男の声が聞こえると、舞はホッとした。

「ごめんなさい。お仕事中なんでしょ」

「今、トラック走らせてたんでね。大丈夫。脇へ寄せて停めたから」

明男が決して走行中には電話に出ないことを、舞も知っている。

明男に迷惑をかけているという思いは、いつもある。

それでも、ついケータイのボタンを押してしまうのだ。

「今、どこだい？」

「大学の中。——一つ休講で空《あ》いたの」

「帰りは友だちと帰るんだよ」

「ええ、そうする」

ストーカーとなっている有藤三郎に怯えているのだ。当然のことだが。

「今はどの辺を走らせてるの？」

「ここは……世田谷の住宅地だ。道が入り組んでて大変なんだよ」

「ご苦労様」

舞は、大学のキャンパスの中、図書館の下のロビーにいた。

「ごめんね、邪魔して」

「謝るなよ。不安なのは当然さ」

「声を聞くとホッとするの」

「少しは役に立ってるね」

「大いに、ね」

「大学の人にも話してあるんだ。何かあればいつでも対応してくれるよ」

「ええ」

——明男は配達の途中なのだ。

舞は、自分へ「しっかりして！」と言い聞かせ、

「じゃ、またね」

と、自分から切った。

——有藤がアメリカにでも戻ってくれれば。

しかし、それは容易なことではないだろう。今の有藤に冷静な行動を求めてもむだだ。その
ことを彼の親が、どこまで理解しているか……。

ケータイが鳴った。

事務室？ ——この大学の事務からだ。

大学からの連絡も、今はケータイあてにメールで来る時代だ。

「はい、三宅です」

と出てみると、

「三宅舞さんね？」

と、事務の女性の声。「今、事務の窓口に、あなたのことを訊きに来た男性が」

舞の顔から血の気がひいた。

「それって——」

「聞いてたから、教えられないと断ったの。そしたら怒って出て行った。あなた、今どこにいるの？」

「図書館です」

「人気《ひとけ》がないでしょ。そこで見付かると危いわ。どこかに隠れて」

「でも——どこに？」

「すぐガードマンを行かせる。あの男の人を捜さないと——」

と言いかけたとき、突然何か爆発音のようなものが聞こえて、悲鳴が起った。

「もしもし！——大丈夫ですか？　もしもし！」

今の音は——銃声か？

舞は、有藤が話していたことを憶えている。

「親父はハンティングが趣味だから、うちには散弾銃があるんだ」

まさか。——まさか！

通話が切れた。

舞は図書館の受付カウンターへと駆けて行った。

「ご用は？」

「一一〇番して！」

舞の叫びに、受付の女性は唖然としたのだった。

17　捜　索

河村刑事が着いたとき、大学の中はまだそう大きな騒ぎになっていなかった。

パトカーが停り、制服の警官が事務室の入口辺りに手持ちぶさたに立っていた。

「——被害は？」

河村は、前にこの事務室に三宅舞をつけ回している有藤三郎のことを説明しに来ていたので、事務長にも会っている。

「幸い、弾丸は人に当らず、あの置時計を……」

事務長が振り返ったのは、かなり年代物の人の背丈《せたけ》より高さのある振子《ふりこ》時計。ガラスが粉々に砕け、中の文字盤がへこんでいる。

「散弾銃を持ってたんですね」

「ええ。二連式って言うんですか、こう——」

「銃身《じゅうしん》が二本横に並んだ……」

「ええ、そうです」

事務の女性は青ざめている。

「一発しか撃って行かなかった、ということは、少なくともあと一発は残っている」

予備の弾丸を持って来ている可能性もある。これは大変なことになった。

「全部の学生や教職員に、すぐ大学から出るよう放送して下さい」

と、河村は言った。

有藤は、ここで一発散弾銃をぶっ放してから外へ出て、姿を消している。

大学のキャンパス内は広い。捜し出すのは容易なことではなかった。

河村は電話で応援を要請《ようせい》してから、

「学内の見取図を見せて下さい」

と、声をかけた。「今、三宅舞はどこにいます？」

「図書館です」

と、事務の女性が言った。「どこかに隠れるように言いました」

「分りました。——図書館の場所は？」

河村は学内見取図で確かめると、「私は三宅舞の所へ行きます。警官がこの表にいますから安心して下さい」

河村は急いで外へ出ると、警官に状況を説明し、

「相手はすぐ発砲するかもしれない。用心しろ」

と言って、図書館へと急いだ。

ただし、広く見通せる場所を通って行くと、河村の動きで、却《かえ》って有藤に三宅舞の居場所が知れる心配がある。

河村はわざと途中の細い道へ入り、遠回りして図書館へと辿り着いた。


舞は、図書館の書庫の中にいた。

受付の女性がここへ隠してくれたのである。

たとえ有藤が銃を持ってやって来ても、扉は頑丈《がんじょう》で、まず入れない。

中で文献調査ができるように、机と椅子がいくつか並んでいる。その一つに座って、舞は奇妙な空白の時間を過していた。

手にケータイを持っている。

ここからかけられるだろうか？

リダイヤルで、明男にかけてみる。

「――もしもし」

思いがけず、すぐにつながった。

「明男さん？」

「やあ。どうした？」

「あの人が来たの」

「何だって？　——もしもし」

電波が弱いのだろう、途切れ途切れになってしまう。

「大丈夫なのか？　——舞ちゃん！」

「今は隠れてるの。散弾銃を持ってるのよ」

「もしもし？」

「もしもし、聞こえる？」

「今、散弾銃って言ったの？」

「ええ。事務室で一発撃ったって」

「ひどいな！　——そっちへ行く！」

「やめて、明男さん！　あなたがけがでもしたら——。もしもし？　——もしもし！」

通話が切れてしまった。

かけるんじゃなかった。

そう思いながら、同時に舞は嬉しかった。

扉を叩く音で、舞は飛び上った。

「三宅君！　河村だ」

「ああ……。びっくりした！」

舞は内側の太いカンヌキを外して扉を開けた。

「怖かったろうね。今応援を呼んでいる」

と、河村は言った。

「有藤は？」

「どこかに潜《ひそ》んでる。今、学生や職員を外へ出してるんだ。有藤も一緒に出てしまうかもしれないが、中で乱射されるよりいい。ともかく犠牲者《ぎせいしゃ》を出したくない」

舞は肯いた。

「しかし、大学の中といっても広いからな。中を捜すのは大変だ」

「すみません」

つい、謝ってしまう。

「君が申しわけないと思う気持は分るがね、しかし悪いのは君じゃないんだ。いいね」

と、河村は言った。

「はい」

「この書庫は、他に出入口がある？」

「ないと思いますけど……」

河村はグルッと中を一回りして、

「よし。ここにいれば安全だな。応援のパトカーが来て、警戒態勢が整ったら呼びに来る。それまでここにいて」

「どれくらいかかるんですか？」

「そうはかからないよ。二十分もあれば充分だろう」

「分りました」

「じゃ、僕は行く。ちゃんとカンヌキをかけてね」

「はい。あの……」

「何だい？」

「明男さんが――杉原明男さんに電話したら、こっちへ来るって……」

「明男君が？」

「あの――危いから遠くにいて、って言って下さい。もし明男さんが撃たれでもしたら……」

「大丈夫、任せなさい」

と、河村は微笑んで言った。

「お願いします」

舞は少し安堵した。

「それでは、よろしくお願いします」

爽香は電話の相手に向って頭を下げた。

「——どう？　感じのいい人でしょ」

と、栗崎英子は言った。

「ええ。ありがとうございました」

と、爽香は受話器を置いてから言った。

布子から頼まれていた「ヴァイオリン教師捜し」で、英子が知人の作曲家、永瀬俊一を紹介してくれたのだ。

永瀬は音楽大学の学部長。——小さい子を教えるのに向いたヴァイオリン科の学生を見付けると約束してくれた。

頼めばその場で連絡を取ってくれる。——その行動力が英子の若さの秘密かもしれない。

「結果はまたご報告します」

と、爽香は言った。

紹介を頼んでも、その結果がどうなったか、何の連絡もしない人も多い。

「ええ、そうしてちょうだい。もう帰るの？」

「そうサボっていられないので」

と、爽香は微笑んだ。

「——じゃ、またね」

と、ロビーで英子が爽香に手を振ってくれる。

「お元気で。——あ、すみません」

爽香のケータイが鳴った。チラッと見ると河村からだ。

「——もしもし」

「爽香君か。河村だけど、実は例の三宅舞という子をつけ回してる男の子がね——」

話を聞いて、爽香は息をのんだ。

「散弾銃なんて！」

「うん。まだ大学の中にいるのかどうかも分らないが、これから捜索する」

「河村さん、用心してね」

「ああ。ちゃんと防弾チョッキをつけるから大丈夫。しかし、困ったもんだよ」

「あの舞って子、保護してあるの？」

「今は図書館の書庫に隠れてる。人手が揃《そろ》い次第、外へ連れ出すよ」

「可哀そうに」

「ああ、それと明男君がこっちへ向ってるらしい」

「え？」

爽香は仰天《ぎょうてん》した。

「三宅舞が心細くて電話したらしいんだ。心配いらない。学内には入らないように言うから」

「あのお人好《ひとよ》し……」

万が一、流れ弾《だま》にでも当ったらどうするのよ！　爽香は腹が立った。

「私も行きます」

「おい、却って危い。やめとけよ」

「明男が行ったら、逮捕でも何でもしといて下さい！」

爽香にしては無茶なことを言っているのは、やはり多少はやきもちをやいているのかもしれない。

「舞って子のために行くんじゃありません。明男を連れ戻すために行くんです」

と、河村に向って言い放った爽香だった。

ケータイを切った爽香は、すぐ後ろに栗崎英子が立っているのに気付いてびっくりした。もうとっくに部屋へ戻ってしまったと思っていたからだ。

「栗崎様――」

「あなただって、『散弾銃』だの『明男を連れ戻す』だのって話をそばで聞いてて、じっとしていられる私じゃないことぐらい、分ってるでしょ」

「はい、それはもう……。でも、ちょっと今はゆっくりお話ししていられないので」

「話は途中で聞くわ」

「途中？」

「あなたが旦那《だんな》さんを連れ戻しに行く途中でね」

爽香は青くなった。

「いけません！　栗崎様の身に万一のことでもあったら、私、切腹しなきゃ」

麻生の言い方がうつったようだ。

「爽香さん。あなたは入居者の自主性を尊重《そんちょう》してくれたでしょ」

「それとこれとは――」

「同じです！　私が行《い》きたくて行くのを、止める権利はあなたにはありません」

言い出したら聞かない英子である。

「じゃ、向うでは必ず指示に従って下さいね」

と、諦《あきら》めた爽香だった。

外では麻生が車の中で眠っている。――ともかく、どこへ行くにも爽香について来る。

「黄門様《こうもんさま》と助《すけ》さん格《かく》さんね」

と、英子は面白がっている。

「私、水戸《みと》黄門ですか？」

爽香はいささか不満なようだ。

窓ガラスを叩いて麻生を起し、英子と二人で後部座席へ乗り込む。

運転手としては、麻生もなかなか優秀である。カーナビの助けつき、であるが。

三宅舞の大学へと向う途中、爽香は英子に大まかないきさつを説明した。

「両親は呼んだのかしら」

「当然呼んでいると思います。でも、あまり効果はないでしょう」

「そうね。その類《たぐい》の子は、自分だけしか愛してないものね。好きな相手をつけ回すなんて、迷惑になるのも平気というのは、相手を本当に好きじゃないってこと。ただ、自分のプライドを満足させる道具でしかないのよ、女は」

と、英子は言った。

「そう思います」

「両親もそういうタイプじゃないの？　だとすれば、親の言うことを聞くどころか、却って親まで殺しかねない。用心することね」

「栗崎様の方こそ、用心なさって下さい」

爽香は、やっとやり返した。

英子は少しして、

「どうしてケータイへかけないの？」

「はあ？」

「ご主人のケータイに。行くのをやめろ、って言ってやればいいのに」

「言っても聞きませんよ」

「その舞って子に嫉妬《しっと》してるようで、いやなんでしょ」

グサッと来ることを言われて、

「栗崎様は、もう少し言葉をお選びにならないと……」

と、爽香は言った……。

18 機会

「まあ、飲めよ」

門倉信吾は、中堀のグラスにウィスキーを注いだ。

「いや、何だか申しわけないですね。こんな昼間から」

と言いながら、中堀はグラスを空けていた。「——いいウィスキーだ！　こんな上等なの、初めてですよ」

ホーッと息をついて、感動の声を上げる。

「気に入ってくれて良かった」

と、信吾は肯いて、「君のために、特にイギリスの友人に頼んで送ってもらったスコッチだよ」

時間的なことを考えれば、信吾の言葉が出まかせだということくらい、すぐに分るのだが、中堀は感激していた。

人は、初めから「感激したい」と思っていれば、どんなことにでも、進んで騙《だま》されるものだ。

信吾の自宅の居間である。

「いや、君もこれからは安物のウィスキーなんか飲んじゃいけない」

と、信吾は言った。

「しかし、自分の財布は軽いもんで」

と、中堀が苦笑する。

「いけないよ。社長になったら、その肩書にふさわしい酒というものがある」

「――社長？」

中堀は、もう大分赤くなった頰を冷たいグラスで冷やしながら、「どこの社長の話です？」

「これから作る会社さ。僕は資産の運用で食べている。今でも、のんびり遊んで食べていくには、どんなに長生きしても余ってしまうくらいの財産はある」

「いいですね！　そのセリフ、僕も生涯《しょうがい》に一度でいいから言ってみたい……」

「女房の宣子などは、『何もしないで、おとなしく暮しましょうよ』と言ってる。女はそれでもいい。男はそれじゃもの足りない。違うか？」

「それはそうです。いや、全くです。女にはそれが分らないんですよ」

と、中堀が何度も肯く。

「それでね、資産運用のために会社を興《おこ》すことにした。税金対策ってところもある」

「いいですね！　何も余計に税金を払うこたあない」

「その社長を、君にやってもらいたいんだ。どうかな」

「――は？」

中堀は、呆気に取られて、「それって――冗談ですね」

「いや、本気だよ。自分が社長になったんじゃ、忙しくなるだけで、そんなことはごめんだ。といって、よくあるように亡子を社長にしても、あいつには何もできない」

と、信吾は首を振って、「全くの他人を社長にしたら、やはり心配だ。そうなると適任なのは君しかいないんだよ」

中堀はグラスを置いて、

「社長……。僕がですか？」

「まあ、あまり大げさに考えてもらっても困るんだが、せいぜい社員七、八人ってとこだ」

「七、八人でも――社長ですか！」

「その会社をどう大きくしていくかは、君の手腕《しゅわん》一つだ」

――中堀は、しばし目をパチクリさせていたが、

「本気ですか？」

「いや、もちろん君が、そんな面倒なことはごめんだと言うのなら、誰か他を当るけど――」

「やります！」

と、中堀は叫んでいた。「やります！　やらせて下さい！」

「まあ、落ちつけ」

と、信吾は苦笑して、「もう一杯、飲むか？」

「いただきます！」

中堀は武者震《むしやぶる》いをして、「幸代の奴に言ってやらなきゃ！　あいつは僕を見下《みくだ》してるんです。僕が社長になるなんて聞いたら……」

「そしたら、君も女房子供を呼んで、こっちで一家で暮せばいい」

そう言われて、急に中堀は、

「ま……そのことは改めて考えます」

今、せっかく好き勝手にしているのだ。その「自由」を失うのがいやだった。

といって、幸代は信吾の妹。あまり悪く言っても、という気もある。

「──しかしね」

と、信吾はさりげなく続けた。「それも、親父が土地を売って、その金が僕のものになれば、の話だよ、もちろん。分ってるだろうが」

突然冷水を浴びせられたようで、中堀はグラスを持つ手を止めたが、

「──ええ、もちろん！　分ってますよ」

「そうだろう。君の、すぐに浮かれない、そういう冷静なところが、社長にふさわしいんだよ」

「どうも……」

「——まあ、その話はまたにしよう」

しかし、中堀は、今やめたらもう二度とその話が出て来ないような気がした。

「でも……どうなんですか。お父様は信吾さんにお金を……」

「そりゃ、預けてくれりゃ、本人にとっても一番いいことさ。何倍にもして返してやれるし、僕や君も事業が広げられる。しかしね——」

信吾は首を振って、「親父の所を、例の〈G興産〉の女と上司が訪ねたそうだ。土地を安く買い叩いて、その上、そこに建てる老人ホームを買わせるつもりだ。向うにとっちゃ二重の儲けだからね」

「やめさせましょうよ、そんなこと!」

「しかし、親父は君のことも僕のことも嫌ってるからな。話しに行っても、逆に意地になるのがオチさ」

「だけど……」

「惜しい話だ。まとまって金が入るなんてことは、一生の内にそうあるもんじゃない。うまくすりゃ、家族みんなが幸せになれるのに、親父一人が頑固なばっかりに……。ま、グチはよそう。何といっても親父の金で、僕の金じゃないんだから」

中堀はグラスをあおった。

〈社長〉の夢が、早くも泡《あわ》と消えようとしている。

「手はありますよ」

と、中堀は言った。

「何のことだい？」

「お父さんが、もし——万一、大きな病気でもして——」

さすがに口ごもる。

「言いたいことは分るが、そううまくはいかないよ。親父は元気だしね」

「だけど——お父さんのこと、こんな風に言って、怒らないで下さいね。今、あのお年齢《とし》で一人住いだ。家の中でどんな事故に遭うか分りませんよ。いくらお元気でも、年齢《とし》なんですから、階段から落ちるとか、風呂場で滑って頭を打つとか……。見付ける人もいないんですからね」

信吾はじっと中堀を見つめて、

「——本気か？」

と言った。

「え？」

「本気で、やってもいいと思ってるか？」

中堀はゴクリとツバをのみ込んで、

「まあ……」

「都合よく、そんな『事故』は偶然起きちゃくれないぜ。それなら、こっちが起すしかない」

「そうですね……」

「僕は、直接の利害がある。もし、誰かがやったのでは、と疑われたら、真先に僕の名前が挙がるだろう。だから、そのときには絶対確かなアリバイがなくちゃいけない」

「分ります」

「君なら、まず疑われることはない。しかし君一人でやれるか？　君はそういう仕事をやるには、やさし過ぎるからな」

中堀は、手の中から〈社長〉の二文字が逃げて行くのが、目に見えるようだった。

こんな機会は、俺の人生に二度と来ないだろう。

「――大したことじゃない」

と、信吾は中堀の心中《しんちゅう》を見透かすように言った。「正しいことをするんだ。金がむだに使われるのを防ぎ、子供たちが幸せになれる」

「そうですね」

こんな子供騙しの理屈でも、中堀には充分だった。

「どうする？」

と訊かれた中堀は、胸を張って言った。

「やります」

爽香たちの車は、大学の正門の手前で停められた。

「――河村さんを」

と、爽香が頼んでいると、

「おい、爽香！」

明男が小走りにやって来た。

「明男！　仕事サボって、何してんのよ！」

と、爽香がかみつく。

「お前だってそうだろ」

そう言われると、爽香もグッと詰る。

「夫婦喧嘩は後回し」

と、栗崎英子が二人の肩を叩いて、「どうなったの？」

「中が広いんで、一通り調べるだけでも手間どって。これからやっと舞ちゃんを連れ出すそうです」

「行ってあげなくていいの？」

爽香の言い方が少々つっかかるようなのは仕方なかったろう。

三人は正門から中へ入った。

機動隊員まで来て、丈夫な楯《たて》を手に警戒している。

「やあ、来たな」

河村も防弾チョッキをつけて、ものものしい。

「お邪魔します」

「栗崎さん！　これはロケじゃないんですから」

「お願いです、外でお待ちに」

と、爽香が頼むと、

「ここだって、外だって、犯人がどこにいるか分らないんだもの、同じことよ」

と、涼《すず》しい顔。

「かなわないな」

河村はちょっと笑って、「その車の向う側にいて下さい。万一、発砲があっても安全です」

防弾チョッキをつけた野口刑事が駆けて来た。

「河村さん、準備、整いました」

と、息を弾ませて、「あれ、爽香さんも？」

「僕、行きましょうか」

と、明男が言った。「爽香、怒るなよ。彼女が怯えてる。落ちつかせるには――」

「はいはい」

爽香は肩をすくめて、「彼女を抱っこしてらっしゃい」

野口は笑って、

「いいご夫婦ですな」

と言った。「大丈夫。防弾チョッキを着せますし」

「記念写真、撮ったら？」

と、爽香は言ってやった。

――明男は、野口、河村と共に図書館へ入り、書庫へ下りて行った。

「舞ちゃん、僕だ」

と、明男が扉越しに呼びかける。

「明男さん！」

「もう出ても大丈夫。ちゃんと警備してるからね」

カンヌキの外れる音がした。

明男が扉を開けると、舞が飛び出して来て、力一杯抱きついた。

「怖かった……」

「困った話だな。――さ、行こう」

「うん」

野口が、持って来た防弾チョッキを舞に着せた。

「重い！」

「その代り、近くで撃たれても大丈夫」

と、河村が言った。「さあ、行こう」

「あの人は？」

「見付からない。たぶん大学を出てしまったんだと思うよ」

「まさか、うちの両親の所に——」

「お宅にも警官が行ってる」

河村の言葉に、舞は少し安堵した様子だった。

図書館から出ると、四人の左右を更に機動隊員の楯が囲む。

舞は、しっかり明男の腕にしがみついて、正門へと歩き出した。

19 散弾

爽香は、栗崎英子と二人、車のかげに隠れて、舞が明男たちとやって来るのを見ていたが……。


「大変な騒ぎね」

と、英子が言った。

「そうですね。見付かればいいけど」

爽香は、不安だった。

——色々事件に係って来た、その経験からか、直感のようなものが働く。

「いやな予感がして」

と、爽香は周囲を見回した。

「あなたの勘《かん》なら、当るかも」

と、英子は言った。

河村と野口に挟まれて、舞は明男にしがみつくようにして歩いて来る。

「あの子、明男さんに恋してるわね」

と、英子が言った。「でも、大丈夫。あんな年齢なら、いずれ忘れるわ」

「そうでないと困ります」

と、爽香は言った。

「——もう大丈夫」

車の所まで来て、河村がホッと息をつくと、舞の防弾チョッキを脱がせた。

「重かった！」

舞はホッと息をついたが、すぐ爽香に気付いた。「あ……。すみません、明男さんを呼び出したりして。ともかく怖くて……」

「いいのよ。分ってる」

爽香は肯いて、「ともかく、警察の人に送ってもらって、家へ帰るのね」

「そうします」

「今のところ、けが人は出ていないが、早く見付けないとね」

と、河村が言った。

「河村さん。有藤の両親は呼んだの？」

と、爽香は訊いた。

「連絡したんだがね。事態を説明しても、信用しないんだ。散弾銃を持ち出してると言っても、

『あの子は自分で死ぬつもりです。早く見付けて下さい！』って、母親はまくし立てて切っちまった」

「信じたくないのね」

「そんな状態で来られても、こっちも却って困ると思ったから、それ以上は連絡しなかった」

「それは正しい判断です」

と、栗崎英子が言った。

「ともかく車に乗って。――野口、すまないが、この子を送ってやってくれないか」

「いいですよ」

野口刑事も防弾チョッキを脱いで、「肩がこるな、こいつを着てると」

と、首を左右へかしげた。

そして、舞の方へ、

「行こうか」

と、声をかけた。

「はい」

舞は明男の方へ、「ありがとう」

と、小さく会釈した。

爽香がいなければ、抱きついていただろう。

野口がパトカーの後部座席に舞を乗せ、自分は助手席に座った。制服の警官がハンドルを握り、パトカーは校門を出て行った。

「——さあ、どこを捜すかな」

と、河村は息をついた。

そのとき、爽香はずっと感じていた不安の原因を見付けた。

「河村さん」

「何だい？」

「有藤は散弾銃を持って来た。——どうやって？」

「どうやって？　それは——」

「車で来たのよね、きっと」

河村が青ざめた。

「そうか！　車だ！　——野口を呼び戻そう」

と、河村が言ったとき、校門の外で、何かが激しくぶつかる音がした。

「しまった！」

河村が必死で駆け出した。

「どうしたんだ？」

明男が戸惑っている。

「車の中で待ち構えてたんだわ。パトカーに体当りしたのよ、車で」

爽香も河村の後を追った。明男もあわてて走り出す。

栗崎英子も走り出そうとしたが、

「年齢を考えないとね」

と呟いてやめた。

——河村が校門から出たとき、二、三十メートル先で、舞たちの乗ったパトカーが煙を上げていた。

パトカーに向って斜めに突っ込んだ車は、ボンネットが大きくひしゃげていた。

「何をぼんやりしてる！」

河村は走りながら、表に待機していた警官たちへ怒鳴った。

何が起ったのか分らず、立ちすくんでいた警官たちが、一斉に駆け出したが、河村よりずっと遅れた。

窓ガラスの砕けた車から、散弾銃を手にした有藤が降りて来ると、パトカーの方へよろけながら近寄る。当人も、衝突でダメージを受けているだろう。

「やめろ！」

河村は怒鳴った。同時に拳銃を抜いていた。

しかし、河村の声は有藤の耳には届かなかったようだ。

パトカーの中では、運転していた警官がハンドルに強く胸を打って気を失っていた。

舞はショックで天井に頭をぶつけ、床に滑り落ちていた。何が起ったのか分らなかった。

「伏せてろ!」

野口が叫んだ。

パトカーの窓ガラスは頑丈で、割れていない。しかし、至近距離で散弾を射ち込まれたら……。

野口も額をフロントガラスにぶつけて血が出ていたが、何とか痛みはこらえることができた。すぐにみんなが駆けつけて来てくれる。しかし、窓の外に、散弾銃の銃口が迫って来ていた。

野口はドアに手をかけると、思い切り一気に開けた。ドアが銃口を払いのけて、有藤も二、三歩後ずさった。

しかし、有藤は転ばなかった。踏み止まって、銃を構え直したのだ。

野口は充分に有藤へ飛びかかって銃を奪い取れる、と思っていた。しかし、パトカーから出たとたん、額を打ったせいか、めまいがして真直ぐに歩けなくなった。

しっかりしろ!

自分を励まして、有藤と向き合ったとき、銃口は野口を狙っていた。

三宅舞を守らなければ。とっさのことで、野口は後ろ手にドアを閉めた。

散弾銃が発射されたのは、その瞬間だった——。

散弾銃の大きな発射音に続いて、短く乾いた銃声が二度聞こえた。

爽香は足を止めなかった。

河村が一人、立ちすくんでいる。

パトカーにもたれかかるように倒れているのは、野口刑事だった。お腹の辺りが血に染っている。

「救急車だ！」

と、誰かが叫んでいる。

爽香は、河村のそばへ駆け寄って、初めて気付いた。

有藤が散弾銃を手にしたまま、道に倒れている。胸に二つ、弾丸の命中したあとがあったが、あまり血は出ていなかった。

「河村さん……」

「俺が――もっと早く気付いてなきゃいけなかった」

「しっかりして！　仕方ありませんよ」

爽香は、野口のそばに膝をつくと、手首の脈を取った。

「――河村さん！　まだ脈がある！」

と、爽香が叫ぶと、河村の顔に赤みがさした。

「そうか！　――おい、急げ！」

万一のために呼んだ救急車が、幸いまだ校門の中にいる。

救急車が走って来た。

パトカーから三宅舞が下りて来ると、血だらけの野口が救急車に乗せられるのを見て息をのんだ。

「有藤は死んだわ」

と、爽香は言った。「河村さんが撃たなかったら、あなたも撃たれてたでしょうね」

舞は肯いて、

「どうしてこんなことに……」

と呟いた。「ひど過ぎるわ！」

河村は難しい顔で、

「殺すつもりはなかったが……。狙いを外《はず》す余裕がなかった」

と言った。「両親へ連絡しなきゃな」

「河村さん」

と、舞が言った。「ありがとうございました」

「いや、良かったね、無事で」

「あの刑事さん……」

救急車がサイレンを鳴らして走り去る。

「なに、丈夫な奴だ。きっと助かる」

河村は、自分へ言い聞かせるように、「助かるよ」

と、くり返した……。


麻生の運転する車で、栗崎英子を〈Ｐハウス〉まで送って、爽香は玄関で別れた。

「栗崎様におけががなくて何よりです」

と、爽香は言った。

「でも大変だったわね」

と、英子は首を振って、「私も色々珍しい経験したけど、撃たれた人を見たのって初めてだわ。映画の中じゃ、いくらもあるけどね」

「いやなものですね」

「そう。――あなた、偉いわ」

「何のことでしょう」

「でも、無理をしないのよ。ご主人に、あの子について行くように言うなんて、なかなかできないことよ」

爽香は明男に、

「舞さんについて行ってあげなさい」

と、言ったのである。「ショックを受けてるから、ご両親にちゃんと話もできないわ。代りに事情を説明してあげて」

明男は少し迷っていたが、

「分った」

と肯いて、舞と一緒に行った。

馬鹿げてるだろうか？

自分の夫に浮気をすすめているようなものだ。

「――でも、私も何度か命が危いような経験をして来ました」

と、爽香は言った。「自分のせいで人が死ぬほどの重傷を負うなんて、とても辛いことです。あの子の気持がよく分るので」

「それが立派なのよ」

と、英子は微笑んで、「ご主人は、ちゃんと分ってる。大丈夫よ」

「そう思わなきゃ、行かせません」

と、爽香は言って笑った。「――じゃ、ここで失礼します」

英子が〈Ｐハウス〉の中へ戻って行く。

爽香は車に戻った。

「どちらへ？」

と、麻生が訊く。

「会社よ、もちろん。大変だ！　すっかり予定が狂っちゃった」

爽香は車が走り出すと、ケータイを取り出した。

「——もしもし、M女子学院でしょうか。——河村布子先生をお願いしたいんですが」

あまり待つこともなく、布子が出た。

「爽香さん？」

「先生、授業中じゃありませんか？」

「いいえ、大丈夫」

「爽子ちゃんのヴァイオリンの先生のことなんですけど……」

爽香は、英子に紹介してもらった作曲家のことを話した。

「——ありがとう。あの子、すっかりやる気になってるわ」

「好きでやれば、すぐ上達しますよ」

「だといいけどね。今、どこ？」

「車の中です」

爽香は少し間を置いて、「先生、ご主人からも連絡が入ると思いますけど……」

「何のこと？」

「三宅舞という子につきまとってる男の子のこと……」

「ええ、聞いてるわ」

「今日、散弾銃を持って、彼女の大学に」

「まあ！　女の子は？」

「無事でした。男の子の方は、ご主人が射殺したんです」

布子はしばらく黙っていたが、

「——仕方なかったのね」

「ええ、あの場合は。でも、きっとご主人は気にしてらっしゃると思うので」

「分ったわ。教えてくれてありがとう」

「それともう一つ——」

「何かしら？」

「女の子を守ろうとして……野口さんが散弾銃で撃たれました」

布子が息をのむ気配がした。爽香は早口に続けて、

「救急車で病院に運ばれました。かなりひどいので、どうなるか分りません」

「——そう」

布子がやっと言った。「刑事ですもの。仕方ないわね」

「ええ」

「もしかしたら、主人が撃たれていたかも？」

「そうですね。充分あり得ました」

「助かってほしいわ」

布子は、息を吐いた。

爽香はそれ以上何を言っていいか分らず、通話を切った。

20　計画

どこかで電話が鳴っている。

——あの音は、俺のケータイだな。

半《なか》ば居眠りしながら、中堀はその着信音を聞き分けていた。

手を伸して、ケータイを取る。

「——もしもし」

と、まだよく舌の回らない口調で言うと、

「あなた、今、どこにいるの？」

中堀は少し目がさめた。

「幸代か。何だ、こんな時間に」

と、ベッドに起き上る。

「こんな時間って——」

「十二時過ぎだぞ」

と、中堀はナイトテーブルの時計を見て言った。

「十二時じゃいけないの？　普通の人なら起きてる時間よ、お昼にはね」

「昼？」

中堀はびっくりした。「夜中じゃないのか！」

「何言ってるの。大丈夫？」

と、幸代がため息をつく。

「当り前だ。このところ――忙しくて、夜中も仕事なんだ」

「何をしてるの？」

「そりゃ、信吾さんのところの――」

「兄が何を言ったか知らないけど、いつも大風呂敷《おおぶろしき》を広げる人なのよ。信用しちゃだめよ」

「俺は俺のやり方があるんだ。――何か用なのか」

中堀はムッとして言った。

「用なのか、って……。あなたの家はどこなの？」

「今はそんなこと、呑気《のんき》にしゃべっちゃいられない」

「待ってよ。あなた、会社辞めたんだから、私たちも高松にいる意味ないのよ」

「まあ……そうだな」

「ともかく一度帰って来てよ。引越すにしたって、私だけじゃ……」

「落ちついたら帰る。少し我慢してろ」

と文句を言いつつ、中堀は欠伸をして、ベッドの中で伸びをした——。

手が、何かスベスベした柔らかいものに触れた。

うん？　何だ？

横を見て、若い女の子がベッドの中で寝ているのを知った中堀は、愕然とした。

「——あなた、聞いてる？」

「え？——いや、今、ちょっと聞こえなかった」

「水谷さんって人の奥さんよ」

「水谷？」

「水谷智江さんっていったわ。あなた、浮気してたのね」

あんまりびっくりして、中堀は嘘をつくゆとりがなかった。

「まあな」

「呆れた。——あの奥さんがね、五百万出せって」

「何？　何だって？」

「ご主人にばれて、慰謝料を出せって言われてるの」

「そんなの……放っとけ」

「そうはいかないでしょ。あの奥さん、きっと本当に訴えるわよ」

「訴えるも何も……。あっちが誘ったんだ。本当だぞ」

「子供じゃあるまいし。そんな言いわけが通ると思ってるの？」

——思い出した。

門倉信吾と、六本木のバーで飲んでいた。店の女の子で特別可愛い子がいて……。

でも、その子がなぜ同じベッドの中にいるんだ？

「ね、どんなに忙しいのか知らないけど、一旦帰って来て」

と、幸代は言った。

「引越しぐらい自分でやれ」

「あなた……」

そのとき、隣の女の子がため息をついて、目をさました。

「起きてたの？　誰から？」

と、ケータイを手にした中堀に訊く。

「女房だ」

中堀は馬鹿正直に答えた。

「あら、奥さんなの？　面白い。貸して」

呆気に取られている中堀の手から、ヒョイとケータイを取り上げると、「あ、もしもし。奥さんですか」

「私、ゆうべ六本木でご主人と飲んでて、とっても気が合ったんで、ホテルに来ちゃったんです。でも、ご心配なく。これきりですから」

そしてケータイを中堀へ返すと、「さ、シャワー浴びて来ようっと！」

裸でスタスタとバスルームへ消えるその後姿《うしろすがた》を、中堀はポカンとして眺めていた。

「——もしもし、あなた？」

「ああ……」

「あなた、誰？」

「もう分ったわ」

「何が分ったんだ」

「離婚届を送るわ。ハンコを押して返して」

「おい、幸代——」

「返信用封筒も、ちゃんと入れておくわ」

「聞いただろう？　ただの遊びだ」

長い間があった。「——おい、幸代？　聞いてるか？」

「いい加減にしてよ」

幸代は疲れ切った声を出した。「何を考えてるの？」

「おい、待てよ」

「これで終りね」

「幸代――。もしもし！」

通話は切れていた。

バスルームから、あの女の子の鼻歌とシャワーの音が聞こえて来る。

「あいつ……」

中堀自身、自分が悪いことは分っている。幸代と別れるのも構わないと思っている。

ただ、二人の子供に関しては、中堀なりに可愛がっていたし、手放したくなかった。

電話が鳴った。ホテルの電話だ。

「――はい」

「起きたか」

門倉信吾だった。

「ゆうべは……。よく憶えてないんです」

「あの女子大生は？」

「女子大生？　女子大生なんですか？」

「泊ったんだろ？　君たちをホテルで降ろしたんだぜ」

「はあ……。今、シャワーを……」

「何だ。じゃ、ちゃんと抱いたんじゃないか」

と、信吾は笑った。

「はあ。ただ……」

「どうした？」

中堀が、幸代からの電話のことを話すと、「そんなことか」

「でも、これで離婚となると、子供たちが……。子供を二人とも幸代に持って行かれるのはいやなんです」

「それなら、君が経済力をつければいいんだ。社長になれば、子供二人とも引き取って育てることもできる。いや、君が社長になったと知ったら、幸代だって離婚するなんて言わなくなるよ」

「そうでしょうか」

「そうとも。ぜいたくさせてやりゃ、女は少々の男のわがままは我慢するよ」

「かもしれませんね」

信吾の自信たっぷりの言い方は、中堀を安心させた。

「――どうする」

と、信吾は言った。「やるか」

「ええ」

「今日、僕は知人の結婚式でね。午後四時からずっと披露宴《ひろうえん》に出ている。いい機会だ」

「今日ですか？」

中堀は青ざめた。まだ先のことだと思っていたのだ。「まだ土地も売れていないのに？」

「考えてみろよ。親父はあの〈G興産〉の言い値で売ってしまうだろう。その前に土地が僕のものになれば、ぐっと高く売りつけてやれる」

「はあ……」

「分るだろ？」

「ええ、それは……」

「後は君の決心次第だ。――無理に、とは言わない。何といっても、危険を伴うからね。君に任せるよ」

「でも……」

そのとき、その「女子大生」が、バスタオルを体に巻きつけて出て来た。

「目が覚めた！　あなたもシャワー浴びたら？」

信吾が笑って、

「どうやら、僕が心配するまでもなく、充分に楽しんだようだね」

と言った。「どうする？　これからも、そういう楽しみが君を待ってる」

中堀は一つ深呼吸をすると、

「やって見せます」

と言った。

そういえば……。

門倉矢市郎は、ふと足を止めた。

この道には、見覚えがある。

郵便局。——そうだった。

あの日、郵便局を捜して、この辺を歩き回った。そして喉がカラカラに渇いて——。

帰宅すると、とめ子が倒れたという電話がかかって来たのだった。

まさか、とめ子があんなに早く逝《い》ってしまうとは……。

今日も、矢市郎は郵便局に用があって、出かけて来たのである。

あの午後に比べると、少し曇って涼しい日だ。それに、あのときと違って、しっかり郵便局への地図を持っていた。

もし迷ったら、ためらわずに人に訊こう。それは少しも恥ずかしいことではない。

妙に意地を張って、具合でも悪くなったら損だ。

もう若くはない。——矢市郎も、妻の死を経《へ》て、そのことを認めるようになった。

ああ、そうだ。あの自動販売機で冷たいお茶を買おうとして、間違って熱いのを買ってしまったっけ。

矢市郎は、道の向いに店を出している宝くじの売場を見て、思い出した。

そういえば、ここで一枚買ったな。お札《さつ》をくずしたくて、買った。そして、熱いお茶を売場の女にやったっけ。

今日は、喉が渇いてはいなかった。

「――いらっしゃい」

あのときの女だ。眠そうにしている。

「五枚もらおう」

と、矢市郎は言った。

「ありがとうございます。番号はどれにします？」

「どれでもいい。適当に選んでくれ」

「そうですか？」

女は、顔を上げて、矢市郎をまじまじと見つめ、「――以前に、ここで……」

「うん。札をくずしてもらった」

「そうでしたね。あの……」

「忘れられないよ、あの日は」

と、矢市郎は首を振って、「女房があの日に倒れてね」

「まあ」

「そのまま、意識が戻らず、死んでしまった」

「そうでしたか……」

「あんたは元気かね。用心しなきゃいけないよ。人間、死ぬ方も辛いだろうが、残された者も辛い」

矢市郎はつり銭を受け取ると、「――じゃ、お互い達者で」

と、また歩き出した。

少しして、

「待って下さい！」

と、売場の女が追いかけて来た。

「どうしたね？　計算が違ってたか」

「あなたを見たら言わなきゃ、と思ってたんです！」

「何だね？」

「あのときの一枚、お持ちですか？」

「宝くじかい？　さて……。あの後、バタバタしたからね。まあ、帰って捜せばあるだろう」

「見付けて下さい！」

「すると……当ったのかね」

女は興奮で顔を真赤にして、

「そうなんです！　あの一枚が、一等一億円に当ったんですよ！」

矢市郎は、夢でも見ているのかと思った……。

21　驚き

さすがに爽香も頭の中が飽和《ほうわ》状態とでも言うべき様子になっていた。

「——少し休もう」

と、爽香はスタッフに言った。「私、思い切り甘いお汁粉かアンミツが食べたい！　付合う人！」

爽香が手を上げて見渡すと、すかさず手を上げたのは女性のスタッフたち。男たちは互いに顔を見合せてから、おずおずと手を上げた。

「はっきりしなさいよ！　全員食べるのね？　じゃ、出かけましょ」

「いいんですか？」

と、男性スタッフの一人が、まだためらっている。

「アイデアを盗まれる？　それなら、この会議室に鍵かけて行きましょ」

「私、ちょっとトイレに寄って……」

「お財布は不要。私がおごる」

と、爽香は言った。「じゃ、五分後に一階ロビーに集合！」

女性たちは歓声《かんせい》を上げて会議室を飛び出して行った。

爽香をリーダーに、新しい〈レインボー・プロジェクト〉のホーム内の各部屋について、その間取《まど》りを考えるグループ作業だった。

朝から、お昼休みも半分削って討論、検討を重ねた。そして午後三時。

あまり長く一つのことだけに集中していると、集中力にも限界が来る。

さっきから議論が堂々めぐりしていることに気付いて、爽香は休みを取ることに決めたのである。

最後に廊下へ出ると、ちょうど田端将夫に出くわした。

「あ、見付かっちゃった」

「何ごとだ？」

「くたびれて能率上らないんで、ちょっと息抜きを……。よろしいでしょうか？」

田端は笑って、

「君がリーダーだ。好きにしなさい」

と言った。「アルコールはだめだぞ」

「お汁粉に日本酒でも入ってれば別ですが、大丈夫です」

「いいな。僕も行きたいが——」

「社長がおいでになったら、息抜きになりません」

爽香は、遠慮なく言って、「じゃ、少しの間、別室で打合せをいたします」

足早にロッカーへ行ってお財布をつかむと、エレベーターへ。

一階では、もう全員揃って爽香を待っていた。

「では、一列に並んで、出発！」

爽香は、号令《ごうれい》をかけて、ビルから歩いて数分の甘味《かんみ》の店へと向った。

女性たちはさすがにみんな知っていたが、男性スタッフは、

「こんな店、知らなかったよ」

と、席につくと、おしぼりで手を拭きながら、キョロキョロ店内を見回している。

男たちも、結構甘いものが好きだと分った。

「何だか高校時代に戻った気分」

と、爽香はお汁粉を食べながら言った。

「旨い。——いいね、たまにはこんなものも」

と、男性スタッフの一人がアッという間にアンミツを平《たい》らげてしまう。「もの足りないな。もう一つ頼もうか」

「ほどほどにしなさいよ。太るわよ」

と、隣の女性スタッフにたしなめられている。

「杉原さんって、高校時代からそんなにしっかりしてたんですか?」

一番若い女性スタッフが訊いた。まだ二十三歳だ。

「そうね。何しろ頼りない男ばっかりだったんでね、周りが」

「杉原さん、ずいぶん犯罪捜査に係って来られたって噂、聞きましたけど、本当なんですか?」

「へえ! 名探偵杉原爽香か! いいね、このキャッチフレーズ」

「どういうわけだかね」

と、爽香は少し大げさに、「私の行く所、事件が起るの。そういう宿命を負った女なのね」

「最近じゃ、何かありますか?」

「TVの再放送じゃないんだから、そう都合良く出て来ないわ。——あ、失礼」

爽香のケータイが鳴った。

門倉矢市郎からだ。

爽香は席を立って、店のレジの辺りへ行った。

「杉原でございます」

「やあ、あんたか。門倉だ」

「どうも……」

「申しわけないが、頼みたいことがある」

「何でしょう？」

「捜しものだ」

「何か失くされたんですか」

「ちょっと電話じゃ話しにくい。来てくれるか」

爽香も一瞬迷った。何しろ忙しい最中《さなか》である。

しかし、矢市郎は単なる気紛れ《きまぐ》で仕事中の爽香を引張り出す人間ではない。何か、よほどのわけがあるのだろう。

「分りました。これから伺います」

「すまないね」

「いいえ、大丈夫です。少し時間がかかるかもしれません」

「いいとも。急ぐわけじゃない」

矢市郎はホッとした様子だ。

通話を切って、爽香は席に戻ったが、矢市郎の言う「捜しもの」が何なのか、気になった。

結局、十五分ほどで社へ戻ると、爽香はすぐに仕度して外出した。

門倉家へ着いたのは、四時を少し回っていた。

チャイムを鳴らすと、インタホンでのやりとり抜きで玄関のドアが開いた。

「忙しいのにすまん」

と、矢市郎は言って、爽香を居間へ通すと、「お茶でもいれようか」

「いえ、それより『捜しもの』のことを伺わせて下さい。気にかかって仕方ありません」

と、爽香は言った。「この土地に関することでしょうか」

「いや、全く私の個人的なことなんだ」

矢市郎は申しわけなさそうに、「そうか。あんたがそういう心配をするのは当然だね。気が付かなかった」

「少し安心しました。それじゃ、何を捜せと？」

「宝くじだ」

爽香も、さすがに呆気に取られた。

「――宝くじですか」

「家内が倒れた日、札をくずすので一枚買った。あの騒ぎで、どこへやったか、全く憶えておらん」

「一枚ですか。――私が片付けさせていただいたとき、見ていれば……」

「憶えとるかね」

「いえ……。記憶にありません。でも――捜してみましょう」

「頼む。それを売った女性がね、私のことを憶えていた。その番号がその女性の誕生日の年月日の数字だったそうでね。それで憶えていたそうだ」

「当りくじなんですね」

「一億円だそうだ」

爽香も絶句《ぜっく》した。

「こんなことを、あんたに頼んですまん」

と、矢市郎は言った。「私は自分で捜し出そうという気になれん」

「門倉さん……」

「あの日、家内は倒れて、そのまま……。宝くじが、あいつの運を奪ってしまったのかもしれんと思えてね」

爽香も、自分が呼ばれたわけを、初めて知った。

「お気持は分ります」

と、爽香は気を取り直し、「順序立てて捜して行きます」

たとえ記憶に残っていなくても、爽香には「もし見ていれば、必ずあそこへしまう」という自信があった。性格というものだ。

台所の引出しを一つずつ開けて行く。

銀行の預金通帳の入った引出しの中に、宝くじは簡単に見付かった。

「一億円!」

その一枚の紙きれを手に取って、爽香は思わず呟いた。

居間へ戻ると、

「これだと思います」

と、テーブルに置く。

「やあ、もう見付けてくれたのか」

「大体、自分のしまう所は分っていますから」

「これしか、宝くじなんか買ったことがないからな。――ありがとう」

矢市郎はそれを手に取って、「あんたに一割あげるよ。受け取ってくれ」

それこそ爽香は腰を抜かすところだった。

「――門倉さん！」

爽香も、口を開くまでに多少の時間が必要だった。「お気持はありがたいですが、そんなこと、いけません」

「なに、これはあんたが見付けてくれたんだ。落し物を拾った人に謝礼を一割出す、とかいうじゃないか」

「それとこれとは話が違います」

「そうかね。しかし――」

「お気持は……。奥様のことをお考えになったら、素直に喜べないことは、よく分ります。でも、そのせいで奥様が倒れられたわけじゃありませんよ。それは偶然です。お分りでしょ？」

「頭ではね。しかし、気持の上では――」

「当ったお金は、取っておかれればいいんです。幸代さんのことがあるじゃないですか。もし中堀さんと離婚されて戻って来られたら、二人のお孫さんの学費だってかかります。その一億円が役に立ちますよ」

その爽香の言葉を聞いて、矢市郎の目に輝きが戻った。

「そうか！　そうだった！　――自分のことしか考えとらんかったよ。いや、よく言ってくれた。幸代の奴に、いつでも帰って来いと言ってやれる」

とたんに、矢市郎は宝くじを手に、「どこへしまっとけばいいかね。もし今夜泥棒に入られて盗まれたら……」

「大丈夫ですよ」

爽香はホッとすると同時に、笑ってしまった。

「いや、分らんぞ。世の中、幸運もあれば不運もある。といって、この家には金庫などないし……」

矢市郎は、ふと何か思い付いた様子で、「なあ、杉原さん」

「は？」

「せっかく来てくれたことだし……」

爽香は、何を言われるか察して、

「だめ！　だめです！　そんな大切なものを私みたいな赤の他人に預けちゃいけません！」

と、先回りして断った。

「いや、あんたなら安心だ。今夜一晩じゃないか。明日は銀行へ行って、金に換えてくる。な、ここまで来たら乗りかかった船だ」

「それは私の方が言うセリフです」

「頼むよ。私が今夜泥棒に襲われて殺されたら、あんたにやるから」

「あのですね……」

爽香はため息をついて、「分りました。どうせ会社へ帰るので、鍵のかかる引出しに入れておきましょう」

「あんたはいい人だ！　――一割いらんかね？」

「いりません！」

と、爽香は思わず大声を出した。


あの女だ。

――中堀は、電柱のかげに隠れて、その女が足早に立ち去るのを見送った。

確か……杉原とかいったな。幸代もあの女のことをえらくほめてたっけ。

馬鹿らしい。ちょっと口が上手《うま》いだけの女だ。年寄りに上手く取り入る。あんなのにコロッと騙されるんだから、幸代も門倉矢市郎も甘いもんだ。

俺は違うぞ。俺には人を見る目がある。そうだとも。

だからこそ、信吾が「社長になってくれ」と頼んで来たのだ。

やっぱり、成功する人間は目のつけどころが違う。

——中堀は、杉原爽香の姿がすっかり見えなくなるのを待って、静かに門倉家の玄関へと近付いて行った。

汗が手にじっとりとにじんでいる。

やりたいわけじゃない。しかし、男はどこかで勝負しなきゃならないんだ。

犯罪？　確かにそうだ。

それを考えると、中堀も迷ってしまう。

しかし、ばれなければ、何もしなかったのと同じだ。

中堀は、その理屈で自分を納得させてしまっていた。

しばらく中の様子をうかがう。

換気扇の回る音がした。台所にいるのだ。

換気扇が回って、水道でも出していれば、かなりやかましい。少々の物音には気付くまい。

中堀はポケットから鍵を取り出した。——信吾から渡された鍵である。

父親に知られないよう、こっそり合鍵を作っていたのだ。全く、大した人だよ。
鍵はスルリと鍵穴におさまり、軽やかに回った。
カチャリと音がして、鍵は開いた。
中堀はてのひらの汗を上着で拭うと、静かにノブを回し、ドアを開けた……。

22 事件

台所のドアは細く開いていた。

門倉矢市郎は、真空パックされたミートボールを温めるために、小ぶりな鍋に水を入れて、ガステーブルにのせ、火を点《つ》けた。

「そうだ」

換気扇を回すんだったな。

よく、ヤカンを火にかけて、換気扇を回すのを忘れ、窓ガラスが真白に曇ってしまって、妻のとめ子に文句を言われた。

ボタンを押すと、少し間を置いて低い唸《うな》りをたて、換気扇が回り出した。

「さて……」

夕食には早いが、といってすることもない。

お湯が沸くまでの間に、矢市郎は食器戸棚から皿を出し、テーブルに置いた。

そのとき、細く開いていたドアがゆっくりとこちらに開いて来た。

——何だろう？

ちょっと首をかしげたものの、矢市郎は大して気にとめず、引出しから自分のはしを取り出した。

まだ鍋の方は大丈夫だ。

矢市郎は、とめ子の使っていた湯呑み茶碗を取り出した。最近はこれでお茶を飲んでいる。

「——そうか」

矢市郎は思い出した。

いつだったか、散歩から帰った矢市郎が台所でお茶を飲んでいたとき、とめ子が、

「誰か玄関に入って来てるわ」

と言ったのである。「鍵、かけ忘れたでしょ」

「馬鹿言え」

と、矢市郎はムッとして言い返したが、正直、鍵をかけた記憶がない。

急いで立って、玄関へ行ってみると、中の様子をうかがいながら、今にも上がり込もうとしている男がいて、

「こらっ！」

と、矢市郎が一喝すると、あわてて逃げて行った。

とめ子は、流しに向っていて、換気扇と水の出る音で、玄関の物音は全く聞こえなかったは

ずなのだが、

「換気扇回してて、玄関が開くとね、風が通るの。だから、台所のドアが少しこっちへ開くのよ」

ドアの動くのを見て、それに気付いたのだ。矢市郎も、さすがに一言もなかった。

今のドアの動きは、そのときと同じようだった。

しかし、玄関の鍵はあの杉原爽香が帰ったとき、確かにしっかりかけたが……。

矢市郎は少し迷ったが、さっき自分で言った言葉を思い出して、ガスの火を一旦止めた。

まさか――よりによって今日、泥棒に入られるなんてことが……。

矢市郎は台所を出て、玄関の方へそっと近付いて行った。

人の姿はない。――取り越し苦労か？

しかし、あのドアが動いたことは、気のせいではなく、物理的な現実だ。

矢市郎はもう一つのことに気付いた。玄関を上ったところに敷いた玄関マットが、少し歪んでいる。

さっき、杉原爽香が帰って行くとき、少し曲っていたのを、きちんと直していた。そういう仕草《しぐさ》が死んだ妻とよく似ていて、矢市郎はふと笑みを浮かべたのだった。

誰か上がって来たのか？

矢市郎は居間を覗き、廊下の奥の浴室やトイレも見て回った。

誰もいない。

ふと階段の下で足を止める。

二階が薄暗くなっていた。もう夕刻ではあるが、まだ外はかなり明るい。カーテンを閉めた憶えはなかった。

矢市郎は、階段を上って行った。危険は感じなかった。この年齢になると、そう怖いものはなくなる。

二階は大して広くない。寝室を覗いて、カーテンが引いてあるのを見た。

自分で閉めたか？――考えても思い出せない。

考え過ぎかな。

矢市郎は、ちょっと首を振って、階段を下りようとした。

中堀は、靴を靴箱の裏へ押し込んで、真直ぐ二階へ上った。

そして、矢市郎がやって来るのを待つことにしたのだ。

矢市郎がすぐに上って来たのにはギョッとした。辛うじてクローゼットの中に隠れることができたが、矢市郎が寝室へ入って来たときには、冷汗《ひやあせ》が背筋を伝い落ちた。

心臓が今にも破裂しそうな勢いで打っていて、中堀は半ば本気で、この音で矢市郎が気付くのではないかと心配していた。

しかし——大丈夫だった！

矢市郎が寝室を出て行く。

階段だ！　中堀はクローゼットから出ると、矢市郎を追って寝室を出た。

計画通りだ。こんなに上手くいっていいのか？

矢市郎は階段を下り始めていた。目の前に無防備な背中がある。

これを思い切り突き飛ばしてやるのだ。矢市郎は下まで凄《すご》い勢いで転り落ちる。首の骨を折るか、それでなくても、頭を打って気を失うだろう。

死んでいなかったら、何か重いものを見付けて、矢市郎の首を狙って落とす。——後で調べても、事故だと思われるだろう。

中堀は両手を矢市郎の背中へ向けて伸《のば》した。

矢市郎が階段を下り始めたときだった。

突然、階段の下に杉原爽香が現れたのだ。

そして、矢市郎の方を見上げると、

「門倉さん、後ろ！」

と叫んだ。

矢市郎は片足を一段下りた不安定な姿勢で振り返った。バランスを崩しかけて、片側へもたれ、手すりにつかまる。

中堀が両手を伸して来た。

振り向いて、壁にもたれた矢市郎は、うまく中堀の手をよけた格好になった。

矢市郎を突き落とそうとした中堀の両手は「空気を押す」ことになった。

中堀の上体が前に泳いだ。今さら思い止《とど》まるわけにはいかなかった。

声も立てず、中堀は矢市郎のわきをすり抜けるように階段をダダッと落ちて行った。


しばし、爽香も矢市郎も動けなかった。

むろん、階段を落ちた中堀も、動かなかった……。

「――どういうことだ!」

と、矢市郎はやっと言った。「そいつは――」

「中堀さんですよ。幸代さんの夫の」

「中堀が……」

「あなたを突き落とそうとしてたんです」

「どうして、また……」

「ご本人に訊かれたらいいと思います」

と、爽香は言った。「でも、これは警察に任せるべき事件です。こっそり侵入しているんですし」

「鍵を持っていたのかな」

「たぶんそうでしょう。今、ドアが開きましたから」

「――何て奴だ」

矢市郎は階段を下りて来た。

「気を失ってますね。骨折ぐらいしているかもしれません。一一〇番して、ついでに救急車も」

「そうだな。これが十七や十八の子供なら見逃してもやるが……」

「もし合鍵を持っていたとすると、作ったんでしょう」

「中堀がそんなことを――」

と言いかけて、「信吾だ」

「息子さんが？」

「中堀が私を殺そうなどと考えないだろう。――この土地を欲しがっていた信吾が、この男をたきつけたんだろうな」

矢市郎は、疲れたように、「殺そうというなら、自分で来ればいい。こんな男にやらせるなんて！」

「もし宝くじのことを知ってたら、私を襲った方が手っ取り早かったですね」

「全くだ。——しかし、あんたはどうして……」

「戻って来たら、二階の窓のカーテンを閉めている人影がチラッと見えたんです。どうも、門倉さんじゃないように思えて」

「助かったよ」

「偶然です。でも——やっぱり私は事件を呼ぶようにできてるんだわ」

「何だね？」

「いえ、何でもありません」

爽香は、ケータイで河村へ連絡し、すぐパトカーと救急車を寄こしてもらうことにした。

「——あんた、どうして戻って来たんだね」

と、矢市郎が思い付いて訊いた。

「あ、忘れてた」

爽香は、バッグから名刺を出して、「これ、裏に、あの宝くじ一枚、確かに預かりましたって書いてあります。宝くじの番号も、念のため。これをお渡ししようと思って」

矢市郎はちょっと笑って、

「いや、あんたは本当にいい人だね」

と言った。

「杉原さん！」

受付の女の子が青い顔で飛び込んで来た。

「――どうしたの？」

爽香は、会議室のテーブル一杯に広げた間取の図面を他のスタッフと検討していた。

「今、受付に男の人が……。杉原さんを呼べって」

「どなた？」

「それがどう見てもヤクザなんです」

「分ったわ」

爽香が会議室を出て行くと、残ったスタッフは顔を見合せた。

――爽香は受付へやって来て、

「やっぱり」

「やあ。忙しいか」

あの〈取り立て屋〉の松下である。

「その格好、やめた方がいいですよ」

爽香は、白いスーツに黒のシャツ、赤いネクタイ、サングラスといういでたちの松下を眺めて、「受付の人がびびってます」

「これは一種のデモンストレーションさ。この格好を見ただけで、借金してる奴は焦る」

「私、借金してません」

「分ってる。あの門倉信吾のことだ」

と、松下は言った。

「どうかしたんですか」

信吾は、中堀の自供を全面的に否定しているらしい。

今、警察は中堀の話の裏付けを取っている。

「夫婦で逃げた」

「え？」

「姿をくらました。――馬鹿な奴だ。いつまでも逃げ回れると思ってるのかな」

「そうですか……」

「どこへ行っても、びくびくしながら暮してなきゃならねえ。まともな仕事にもつけないしな」

「仕方ありませんね。子供じゃないんですから」

「いずれ、手っ取り早く稼ごうと、女房が水商売の――いや、風俗の店にでも出るだろう。そうすりゃ、情報が入る」

「松下さん。何か分ったら教えて下さい」

と、爽香は言った。「あんな人でも、矢市郎さんにとっては息子です」

「そう言うと思った」

松下はニヤリと笑って、「ま、憶えとくよ」

「よろしく」

「じゃ、達者でな」

「あなたも」

松下が肩を揺《ゆす》って帰って行く。

爽香が振り向くと、スタッフの面々が、呆気に取られて眺めていた。

23 勇気

「雨になりそうだな」

車に乗ろうとして、田端将夫は空を見上げた。

「天気予報は曇《くもり》、ときどき雨です」

と、爽香は言った。「降り出すと道が混みます。早く出ましょう」

「分った。せっかちだな相変らず」

と、田端は笑った。

爽香は助手席に乗って、車は走り出した。

「――雨だと参加者が少ないかな」

「色々手は打ちました」

と、爽香は答えた。「事前に充分周知《しゅうち》はされていると思います」

社用の車に、後部座席は田端一人。――何といっても、初めての〈住民説明会〉である。

田端の顔もいつになく緊張していた。

「――雨のときは、傘置場を用意しないとな」

「ちゃんと手配してあります。公民館ですから、傘立はありますが、不足の場合を考えて、充分余裕を持たせてあります」

爽香ならその点抜かりはないことを、田端もちゃんと分っている。むしろ、今は自分の緊張をほぐすために、話をしたいのである。

「普通のペースなら、開場の一時間前に着きます」

と、爽香は言った。「向うは麻生君が張切って準備してくれているはずです」

――実際、マンションなどの建設に当っての〈住民説明会〉は、ほとんど一方的な企業側の説明に終始することが多い。

しかし、田端は、

「これは普通のマンションじゃない。建てた後のことを考えなくてはいけない」

と言ってきた。

入居した老人たちが、周辺の住民たちと全く交わらずに生活するのではなく、このホームの存在が、「町の雰囲気を良くしてくれる」ようでなくてはならない。

今日の説明会はその第一歩だ。

普通のマンション会社なら、こういう説明会への住民の出席は少ない方が楽なので喜ぶものだ。しかし、今日は違っていた。

田端も、この計画が成功するかどうかに、今後の〈G興産〉の事業展開がかかっているのを承知している。爽香も、そんな田端の意気込みをよく理解していた。

「——門倉さんはみえるかな」

と、田端が言った。

「もちろんお知らせしてあります。ぜひおいで下さいって、留守電にも吹き込んでおきましたが……」

「まあ、色々あって大変だったろう。何といっても、実の息子に殺されるところだったんだからな」

門倉信吾と妻の宣子は姿をくらまし、実際に門倉矢市郎を殺そうとした中堀洋介は骨折して入院中だ。

しかも、矢市郎が宝くじで一億円を当てていたことが報じられると、マスコミもにわかに騒ぎ出し、矢市郎は一時「時の人」になってしまった。

爽香は、どうなることかと心配したが、矢市郎はあくまでマスコミを無視。一切インタビューなどに応じなかったので、やがて騒ぎも鎮《しず》まっていった。

「——最初の挨拶だが、あれでいいかな」

と、田端は不安な様子。「少し愛想《あいそう》がないんじゃないか？」

「これは説明会ですから。地元の人に、計画を理解していただくのが目的で、ご機嫌伺いとは違います」

「そりゃそうだが……」

爽香は微笑んで、

「社長のご判断で、原稿に何か付け加えられるのはご自由ですよ」

と言った。

「そうか。——うん、そうだな」

田端はホッとした様子である。

爽香のケータイが鳴った。

「失礼します。——はい」

と出てみると、

「杉原さん？　爽香さんですか」

と、女の声。

「はい、そうです」

「あの……早川志乃といいます」

「ああ！」

河村の「内縁の妻」である。

「お仕事中、ごめんなさい。ちょっとお話ししたいことが……」

「大丈夫です。今、車の中なので、ちょっと受信状態が悪くなることがあるかもしれませんけど。——あかねちゃんはお元気ですか」

「ありがとう。おかげさまで」

娘のことを訊かれて、早川志乃は嬉しそうだった。

「それでご用件は？」

「ええ……。こんなこと、私が言うのは妙かもしれないんですが……」

「どういうことですか」

「河村さんのことです。もう三日、私の所に泊っていて、お宅へ帰られていません」

「三日？」

「もちろん、私は構わないんですが、ただ河村さんの様子が普通じゃないんです。心配になって、奥様に連絡しようと思ったんですが、やっぱり電話しにくくて……。何があったのか、訊いても、河村さんは何も言ってくれません」

「そうですか……」

「杉原さんなら何かご存知かと思って、失礼は承知で——」

「ありがとう。私も忙しくて、このところ布子先生に連絡していません。分りました。私から連絡してみます」

「よろしくお願いします」

と、志乃は言った。「河村さんには、奥様やお子さんたちを大事にしてほしいんです。あの人は、もともとそういう人ですから」

志乃の言葉には、河村への本当の愛情があった。爽香は心を打たれた。

「――どうした」

と、田端が言った。「何かあったのか」

「いえ……。すみません。私用の電話をしてもよろしいでしょうか」

「ああ、もちろん」

爽香は、布子の自宅へかけた。

今日は日曜日である。学校は休みのはずだ。

「――河村です」

「爽子ちゃん？　杉原爽香だけど」

「あ、爽香さん」

ホッとした声だ。

「お母さん、いらっしゃる？」

「あのね――病院に行ってる」

爽香はドキッとした。

「お母さん、どこか悪いの？」

「ううん、お母さんじゃなくて――。野口さんって刑事さんがね、死にそうだって」

思いがけないことだった。

野口が……。

三宅舞を、有藤三郎から守ろうとして、散弾を受けた野口。重傷を負っていたことは知っていたが、その後どうしているか、聞いていなかった。

忘れていたわけではないのだが、あまりに仕事が忙しく、そこまで気持が回らなかったのである。

「分ったわ。じゃ、病院へかけてみる」

「はい。――爽香さん、ヴァイオリンの先生のこと、ありがとう」

十歳の子が、よくそこまで気が付くものだ。

「どういたしまして。頑張ってね」

「うん」

爽子の声は明るかった。

爽香は、野口の入院している病院へ電話して、布子を呼んでもらった。

「――爽香さん？」

少し待って、やっと出た布子の声音《こわね》で、爽香は察した。

「先生。野口さん……」

「十分ほど前に……。残念だわ」

「河村さんは？」

「それが——連絡つかないの。たぶん、やり切れなくて、来たくないんでしょう」

「そうですね。——私、今日これから仕事で。夕方までは伺えないと思います」

「ええ、いいのよ。今、ご家族のみなさんが……。爽香さん」

「はい」

「あの人は、私のことを好きだと言ってくれてたわ。私は応《こた》えてあげられなかったけど」

布子の声は震えていた。

「先生……。それで良かったんですよ」

と、爽香は言った。

布子が泣いている。——爽香にも、それは驚きだった。

野口が布子に思いを寄せていたことは知っている。それはあくまで「片想い」だと思っていた。

だが、河村が早川志乃との間に女の子をもうけ、時には志乃のアパートへ泊ってくる中、布子の気持はどうだったろう。

野口がもし強く迫っていたら、布子は彼の胸に救いを求めていたかもしれない。

だがそうなる前に、野口は撃たれて死んだ……。それが幸いだった、と言っては、野口が哀《あわ》れかもしれないが。

「――これで良かったのね」

布子は、やっと涙を抑《おさ》えると、「夕方には家へ帰らないと。子供たちが待ってるし」

「ええ。今、爽子ちゃんと話しました。しっかりして来ましたね」

「そうなのよ」

母の声になって、「あの子は……。あなたの『爽』の字をもらったのが、良かったのかもしれない」

「先生――」

「でも、可哀そう。主人が帰らないと、私の代りに、あの女のことを怒るの。そんな風に人を恨《うら》んで育っちゃいけないと思うんだけどね」

「お母さんを悲しませてる、と思うんですよ。それに、お父さんのことも悪く思いたくない。だから志乃さんを……」

「いずれ、あの子にも分るわね」

「先生、今は――河村さんと何とか連絡を」

「ええ、やってみるわ」

「野口さんが亡くなったことは、当然署に伝わってるでしょうから」

「そうね。しっかりしなきゃ。――ありがとう、爽香さん」

布子の声には、消し難《がた》い寂《さび》しさがにじみ出ていた……。

「だから――」

と、その男は同じ言葉をくり返した。「もし、あんたたちのホームのせいで、この周囲の地価が下《さが》ったら、その損した分を補償《ほしょう》してくれるのかって訊いてるんだ」

田端もひかなかった。

「お答えは同じです。老人ホームを建設したことで、周囲の地価が下ったという例はありません」

「分らねえ奴だな！　だから、『もしも』って言ってるだろ。よそでなくたって、ここじゃ下るかもしれねえじゃねえか」

――爽香は、田端に代って何か言おうかと思ったが、目が合うと田端は一瞬強く首を横に振った。

説明会場は重苦しい空気に包まれていた。

――スタートは順調で、雨が降り始めたにもかかわらず、会場は人で一杯になった。

椅子が足りなくなり、麻生があわてて用意してあった予備の分を並べた。

説明会は五分遅れで始まり、田端自《みずか》らが計画の詳細と今後の予定を説明し、質疑応答に入った。

爽香は、これまで他社の同種の説明会で、どんな質問があったかを事前に取材していて、それに対する回答を用意しておいた。田端はどの質問にも、曖昧に逃げることなく、ていねいに答えた。

——問題の発言をしたのは、説明が終って大分たってやって来た男で、要するに、自分の土地の値が、老人ホームの建設で下ったら、その分をG興産が払え、というものだ。

こういう発言は他でも必ずといっていいほどあって、その裏には、「老人」を「汚いもの」と見る発想がある。

この要望には応じるわけにいかなかった。

地価の値下りは、他の原因で起《お》り得《う》るわけで、それを「老人ホームのせい」として、補償することは到底できない。

しかし、五十歳前後らしいその地主は、納得しなかった。

「回答に誠意がないな。そんな企業に協力してやるのはごめんだ」

「そうだ！」

「ちゃんと約束しろ！」

会場のそこここで怒鳴っている男たちは、問題の地主が連れて来た「さくら」である。

ここで面倒だからといって、「前向きに検討します」などと答えたら、相手はそのひと言を言い立てて、会社にくり返し請求して来る。他の同業者でも苦い反省点となっていたのだ。

何とかしなくては――。

爽香が立ち上ろうとしたときだった。

「いい加減にせい！」

と、よく通る声が会場へ響き渡った。

誰もが振り返った。――門倉矢市郎が立っていた。

「室田さん。あんたの土地は、今度の計画の場所からずっと離れてるじゃないか。影響などないはずだ」

と、門倉は言った。

室田という男は立ち上って、門倉の方を真赤になってにらむと、

「人の話に口出しせんでくれ！」

と、言い返した。

「そうはいかん」

門倉は動じない。「あんたは自分の土地が値下りするのを、この計画のせいにしたいんだ。室田さん、恥を知りなさい！　あんたは自分も老人になることを忘れとるのか？　ここにいる誰もが、いつか私のような老人になる。そのときになって、自分たちが汚いもののように言われたらどう思う」

誰かが拍手した。すると、たちまち拍手は会場内へ広がって行く。

室田という男は、怒りで顔を真赤にして、

「あんたはいいさ！　何しろ一億円も宝くじで当てた。少々損したって、痛くもかゆくもあるまい。しかしね、俺たちには死活問題なんだ」

と言い返した。

「そうやって、土地だの金だのに執着《しゆうちやく》する気持が、道を誤《あやま》らせる」

と、門倉は言った。「私は自分の息子に殺されるところだった。――息子とはいえ、四十過ぎの大人だ。責任は自分で取らせる。息子は、この計画に反対の署名を集めたりしていたが、すべては土地を高く売るのが目的だった。しかしね、土地の売り値をつり上げれば、ホームそのものが高価なものになって、我々の手の届かないものになってしまう。それは結局損なことではないかな？　私は、この計画を立てた人を知っている。誠実で、老人に敬意を払ってくれる人だ。私は信用していいと思う。自分だけの利益を振りかざして妨害するのは、いずれ自分の首を絞《し》めることになる」

再び拍手が起った。前より更に大きく。

そして、一人の女性が立ち上ると、発言を求めた。

「私は、ご近所の奥さんと一緒に来ました。奥さんは口がきけないので、私に代って言ってくれとメモをよこしました。――へこの会場へ来て、ろうあの私たちのために、手話のできる社員の方がおられて、何か発言のあるときは、いつでも呼んで下さいと言われ、感激しました。

こういう気配りのできる会社は、きっと住みやすい老人ホームを作って下さると思います〉

——以上です」

会場は再び、暖い拍手に包まれた。——もう室田の発言する空気ではない。

田端が爽香の方を見て、「よくやった」というように肯いて見せた。

爽香は、この近くを歩いていて、何人かろうあの住人のいることを知り、社員の中で手話を習っている者を捜し、ここへ連れて来たのだ。しかも、手話を学ぶ受講料を会社で負担、この数日、特訓を受けさせていた。

門倉も拍手している。

爽香は胸が熱くなり、静かに黙礼《もくれい》した。

24 再出発

玄関へ出てきたのは、門倉の娘、幸代だった。

「まあ、杉原さん」

「突然お邪魔して。——先日のお礼を申し上げたくて。いらっしゃいますか？」

「その辺へ、下の子を連れて出かけていますが、すぐ戻ります。どうぞお上り下さい」

「じゃ、お言葉に甘えて……」

爽香は居間へ入って、「お子さんたち、もう慣れましたか」

「ええ。子供は大人よりずっと適応力がありますね。今、何かお飲物を。コーヒーか紅茶どちらが？」

「それじゃ、コーヒーを」

と、爽香は遠慮なく言った。「仕事で方々《ほうぼう》回っているものですから、土産《みやげ》一つお持ちしないで……」

「そんなこと、気になさらずに。父も、杉原さんのお顔を見るのが何より嬉しいでしょう」

幸代は、すぐにコーヒーをいれて運んで来た。

「信乃ちゃんは学校ですか」

「ええ。――父が、どこか私立に行かせろと言って、うるさくて」

と、幸代が笑った。「あの子、とても歌が上手《じょうず》なんです。父がそれを聞いて、『この子は才能がある』って」

「まあ、でもそれはすてきですね。私なんか凄い音痴《おんち》で」

と、爽香は自分で言って笑ってしまった。

「いい先生がいたら、習わせようかと思っています」

と、幸代は言った。「でも、まだ小学校だって長いですから。様子を見ますわ」

爽香はゆっくりとコーヒーを飲んで、

「とても落ちつかれましたね」

と言った。

「そうですか？」

「ええ。――以前は諦めてらした」

「諦め……。そうですね」

幸代は肯いた。「妙ですね。夫と離婚して、初めてあの人を可哀そうだと思えるようになりました」

「いい結果を生んだんですから、正しい判断だったんですよ」

「ええ。子供たちのことが心配でしたけど、父がいるので、寂しいとも思わないようです」

幸代の表情が初めてくもった。「それにしても、兄は……。兄がいなければ、中堀もあんなことには――」

「でも、中堀さんも子供じゃないんですから。やはり、お父様の命を奪おうとしたことは、許せません」

「当人は、今になって兄に騙されたと知って、呆然自失《ぼうぜんじしつ》です。――罪を償って、やり直してほしいと思います」

中堀の弁護士の費用は、門倉矢市郎が出していると爽香は聞いていた。

門倉の娘に戻った幸代は、二人の子供と共に、この父の家で暮している。

「――近々、工事の具体的な計画が決ります」

と、爽香は言った。「引越先について、また改めてご相談に上ります」

「よろしく」

玄関の方で声がして、タッタッと男の子が駆け込んで来た。

「お帰りなさい。お手々を洗いましょうね」

幸代が博志を連れて行くと、入れ違いに矢市郎が入って来た。

「やあ！　あんただったのか」

「突然お邪魔して。——先日のお礼を、と思いまして」

「なに、あの室田ってのは、もともとこの辺では嫌われ者でな。前に、自分から町会の役員に立候補して、やらせてみたら町会費で勝手に飲み食いするんで問題になった。町の連中も、苦々しく思ってたのさ」

矢市郎は、娘と孫が同居人になって、ぐっと若返ったようだ。

「幸代さんも、すっかりお元気になられて」

「ああ。——わしも信乃が嫁に行くまでは元気でいようと決めた」

「結構ですね」

「しかし、どう計算しても九十歳を越えるんだ。決めといてから、大丈夫かなと心配しているよ」

そう言って、矢市郎は笑った。

思わずつられて笑ってしまうような、豪快な笑いだった……。

ケータイが鳴った。

着信のメロディで、三宅舞からだと分る。——明男はトラックを運転していたが、道が空《す》いていたので、ともかく片手でケータイを取った。

「もしもし」

「明男さん？　三宅舞です」

「やあ。ちょっと待って。今、車を停める」

トラックを道の端へ寄せて停めると、「——もう大丈夫」

「ごめんなさい。仕事中だと分ってたんだけど……」

「いいんだ。それより、この前、野口さんの葬儀でチラッと見かけた」

「辛くて……。すぐに帰っちゃったの」

「分るよ」

明男は、舞の声の向うに、アナウンスの声らしいものを聞いた。

「君、どこからかけてるんだ？」

少し間があって、

「成田なの」

と、舞は言った。

「海外に行くの？」

「ええ。——イギリスに。二、三年は帰らないと思うわ」

「そうか」

「ごめんなさい、黙ってて」

「いや、別に……」

「話したら、私、行けなくなるような気がして……。明男さん、本当に色々ありがとう」

明男は、胸の痛みにじっと耐えた。

「こっちこそ。——君が無事で良かった」

「私……野口さんが私のために死んだのを見て、思ったの。私にも、悪いところがあったのかもしれない、って」

「それは——」

「分ってるわ。私が自分を責める必要はないって言うんでしょ」

「そうさ。君は被害者だ」

「でも、責任は感じる。平気でいられるような人間じゃないの、私」

「分るよ」

「何もかもやり直したい。——イギリスで、ゆっくりと自分を見つめ直すわ」

「偉いな。頑張れよ」

アナウンスが聞こえた。

「もう行かなきゃ。明男さん……。奥さんによろしく」

「ありがとう」

「それじゃ……。さよなら」

「さよなら。気を付けて……」

通話は切れた。

明男は、しばらく手の中のケータイを見つめていた。

もう舞から連絡が来ることはあるまい。そう思った。

もちろん、いつかはこうなると分っていた。明男も、爽香を裏切るつもりはなかった。

それでも、舞が自分を慕《した》ってくれている、という事実は、ある満足を明男に与えていたのである。

手の中でケータイが鳴った。爽香だ。

「――もしもし？　明男、今、出ても大丈夫なの？」

「うん。ちょうど停ってたところだ」

「そう。今夜、遅い？」

「そんなことないけど。どうして？」

「今日、門倉さんのお宅へ行ったらね」

「あの一億円のおじいさんか」

「そう。ホテルのレストランで使えるギフトカード、もらったの。断ったんだけど、どうしても、って言われて、あんまり辞退するのも悪いから」

「そうだな」

「帰り、食事しない？」

「いいけど……。この格好だぜ」

「じゃ、着替えて出直す？　私も、どうせなら、もっといいスーツで出かけたい」

「そうしよう」

「やった！　今日は残業しない、っと」

爽香の明るい声に、明男は思わず笑ってしまった。

「じゃ、こっちも、早く帰るように頑張るよ」

「うん。――営業所出るとき、電話して」

「分った」

爽香の弾む声、嬉しそうな声を聞くと、明男は安心した。

そうなのだ。――爽香が幸せでいてくれる。

そのことが、明男を支えている。

「仕事だ」

明男はエンジンをかけると、そう呟いてハンドルを回した。

初出誌「エキスパートナース」（照林社刊）二〇〇二年九月号～二〇〇三年八月号

解説

細谷《ほそや》正充《まさみつ》
（文芸評論家）

一年に一度の逢瀬《おうせ》を楽しみにしているのは、七夕の織姫彦星《おりひめひこぼし》だけではない。赤川次郎ファンもまた、一年に一度の逢瀬を、待ち焦《こ》がれているのだ。その相手の名前は、杉原爽香。〝登場人物が読者とともに年齢《とし》を重ねる画期的シリーズ〟の主人公である。十五歳で潑剌《はつらつ》とデビューを飾った爽香も、ついに本書『茜色のプロムナード』で三十代に突入。それを記念してというわけではないが、あらためて彼女の過去を振り返ることにしよう。

『若草色のポシェット』で、杉原爽香が読者の前に姿を現したのは、一九八八年の秋のことである。当時の彼女は中学三年。親友が殺されたことから、事件に体当たりで挑み、以後、さまざまな事件にかかわりながら成長していくことになる。そんな爽香が、自分の人生を根底から揺るがす大事件に遭遇したのが二十三歳の秋であった（『暗黒のスタートライン』）。シリーズを順番に読んでいた人は、事件の真相に愕然《がくぜん》としたことだろう。だが作者は、シリーズ開始時から、この真相を構想していたという。それを知っていると、シリーズ第一作にある「先生、絶対に人を殺さない、って言えます？」という爽香のセリフが、遥か先を見据えた大いなる伏線になっていることが初めて理解できるのだ。深慮遠謀というべきか。赤川次郎、恐るべしである。

さらに、このシリーズについて「二十五歳くらいまでやろうかなと考えています」と、作者が発言していたことにも注目したい。彼女が二十五歳のときの作品は『銀色のキーホルダー』。そのラスト・シーンも、早い段階から、作者の頭のなかにあったのであろう。多分そのラスト・シーンは、シリーズの締めくくりに相応《ふさわ》しい、爽やかな大団円であった。このように杉原爽香シリーズは、緻密な全体設計図を元に書き続けられたのである。

ところがここで、嬉しい誤算が発生した。絶大な人気を誇るシリーズとなったために、爽香二十五歳で閉幕するわけにはいかなくなったのである。もちろんシリーズ続行は、爽香たちと別れたくないという、作者の想いもあってのことだろう。ともあれ、その後も爽香は、毎年順調(?)に事件に巻き込まれ、ついに本書で、三十歳を迎えることとなったのである。

『茜色のプロムナード』は、看護専門情報誌「エキスパートナース」二〇〇二年九月号から翌〇三年八月号にかけて掲載された。連載に先立ち、

〝杉原爽香もこの作品で三十歳になった。仕事でも私生活でも、最も充実し、また苦労の多い年代でもある。爽香は新しい高齢者向《むけ》ホームの企画に専念することになるが、その予定地周辺で思いがけず住民の反対運動に出会い、心ならずもある一家の相続を巡る争いに係《かかわ》ることにな

る。爽香を取り巻く人々の人生もどうなっているか。楽しみにしていただきたい。〃

という、作者の言葉が寄せられている。たしかに三十代は、さまざまな面で自分が社会の最前線にいることを実感できる、やりがいのある年代である。その実り多き三十代の始まりを、爽香はいかに生きていくのであろうか。

杉原爽香、三十歳の春。高齢者用ケアつきマンション〈Pハウス〉に勤務していた彼女は、親会社の〈G興産〉に異動。社長の田端将夫から、高齢者用住宅建設計画〈レインボー・プロジェクト〉を任せられる。用地の下調べを始めた彼女は、用地候補地で暮らす門倉矢市郎という老人と知り合った。妻の入院、そして死去により、ひとり暮らしをする矢市郎を、仕事抜きで親身に世話をする爽香。しかし、矢市郎の息子や、娘の夫は、彼女の親切を仕事絡みと邪推。門倉家の立退《たちの》き料を吊り上げるために、高齢者用住宅建設反対運動を画策するのだが……。

一方、爽香の夫の明男も、新たな事件に巻き込まれていた。明男を慕う女子大生の三宅舞が、ストーカーの影を恐れ、不安を訴えてきたのだ。半信半疑ながらも、舞の身辺に注意を払う明男。だが彼の善意を嘲笑うかのように、急激に事態は悪化するのだった。

本書のストーリーには、ふたつの柱がある。ひとつは、門倉家の相続争いだ。レインボー・プロジェクトの波紋が、門倉家の相続を巡る争いへと発展する過程を、作者は巧みに活写。人の心に殺意が胚胎《はいたい》する瞬間を、リアルな筆致で捉えているのだ。

もうひとつの柱であるストーカー事件だが、こちらは詳細を控えたい。驚くべき展開があるとだけいっておこう。この他にも、冒頭のエピソードを生かす話術の妙や、登場人物の軽妙なやりとり、タイトルに込められた意味など、読みどころ満載。赤川ミステリーの面白さが、たっぷりと味わえるのである。

さらに、ここ何作かを通じて続いている、河村夫妻のゴタゴタも、見逃せないポイントだ。ふたつの家庭を持つ男になってしまった河村太郎の人生は、いかなる結末を迎えるのか。やっと本書で一歩前進したようだが、なんらかの決着がつくのは、まだ先のことである。このように歳月の流れのなかで、悠々と登場人物の生き方を描いているのが、世にも稀な〝大河ミステリー〟である、杉原爽香シリーズの魅力なのだ。いや本当、ここまで付き合ってしまうと、もう他人事とは思えない。すくなくとも子供たちを悲しませるような選択だけはしてくれるなと、太郎と作者に祈りたいほどである。

また、高齢者用住宅の用地買収を巡って、高齢化社会の問題に鋭く切り込んでいることも、忘れてはならないだろう。ユーモアというオブラートに包まれているためか、あまり言及されることがないが、赤川作品は現実の諸問題を真っ直ぐに取り上げたものが多い。たとえば二〇〇三年六月にカッパ・ノベルスの一冊として上梓された短篇集『悪夢の果て』の「著者のことば」。

〝今、この国はあてどもなく流されている枯葉のようなものだ。戦争を否定する平和国家の理想は、もう充分泥にまみれてしまったが、泥は洗い落すこともできる。今必要なのは、諦め、無気力になることを拒んで、「希望」を語ることである。〟

この「著者のことば」が、アメリカのイラク攻撃への賛同を経て、危ない方向へ行こうとしている、二〇〇三年の日本の現実を踏まえたものであることは、いうまでもないだろう。そうした作者の真摯な問題意識が、本書にも込められているのだ。しかも単に問題を提起するだけではなく、どうすべきかという理想も同時に披露されている。ラスト近くで、ある主婦がいうセリフ。そこに、高齢化社会を豊かな人間らしい社会にするための鍵があるのだ。エンタテインメントの枠組みを墨守《ぼくしゅ》しながら、主張すべきことは主張する。デビューから四半世紀以上が経って、なお衰えぬ人気の秘密の一端を、こうした作者の志《こころざし》の高さに求めることができよう。

さて、用地の件は解決したようだが、高齢者用住宅建設はスタートしたばかり。まだまだ、幾つもの困難があることだろう。爽香の周囲の人々の動向も気になるところ。公私共に奮闘する彼女の姿を、もうすこし見ていたいところだが、今年はここまで。なあに、残念がることはない。一年経てば、また会えるのだから。三十一歳になった杉原爽香との逢瀬を、首を長くして待つことにしようではないか。

赤川次郎ファン・クラブ
三毛猫ホームズと仲間たち

入会のご案内

赤川先生の作品が大好きなあなた！〝三毛猫ホームズと仲間たち〟の入会案内です。年に４回会誌（会員だけが読めるショート・ショートも入ってる！）を発行したり、ファンの集《つど》いを開催したりする楽しいクラブです。興味を持った方は、必ず封書で、〒、住所、氏名を明記のうえ80円切手１枚を同封し、下記までお送りください。おりかえし、入会の申込書をお届けします。

〒112-8011
東京都文京区音羽１－16－６
㈱光文社　文庫編集部内
「赤川次郎Ｆ・Ｃに入りたい」の係

光文社文庫

文庫オリジナル／長編青春ミステリー

茜色《あかねいろ》のプロムナード

著者　赤《あか》川《がわ》次《じ》郎《ろう》

2003年9月20日　初版1刷発行
2004年10月5日　2刷発行

発行者　篠原睦子
印刷　凸版印刷
製本　凸版印刷

発行所　株式会社　光文社
〒112-8011　東京都文京区音羽1-16-6
電話　(03)5395-8149　編集部
8114　販売部
8125　業務部
振替　00160-3-115347

ISBN4-334-73543-6 Printed in Japan

お願い　光文社文庫をお読みになって、いかがでございましたか。「読後の感想」を編集部あてに、ぜひお送りください。

このほか光文社文庫では、どんな本をお読みになりましたか。これから、どういう本をご希望ですか。

どの本も、誤植がないようつとめていますが、もしお気づきの点がございましたら、お教えください。ご職業、ご年齢などもお書きそえいただければ幸いです。

光文社文庫編集部

》》》》》光文社文庫　好評既刊《《《《《

海の仮面　愛川　晶
夜宴　愛川　晶
三毛猫ホームズの推理　赤川次郎
三毛猫ホームズの追跡　赤川次郎
三毛猫ホームズの怪談　赤川次郎
三毛猫ホームズの狂死曲　赤川次郎
三毛猫ホームズの駈落ち　赤川次郎
三毛猫ホームズの恐怖館　赤川次郎
三毛猫ホームズの運動会　赤川次郎
三毛猫ホームズの騎士道　赤川次郎
三毛猫ホームズのびっくり箱　赤川次郎
三毛猫ホームズのクリスマス　赤川次郎
三毛猫ホームズの幽霊クラブ　赤川次郎
三毛猫ホームズの感傷旅行　赤川次郎
三毛猫ホームズの歌劇場　赤川次郎
三毛猫ホームズの登山列車　赤川次郎
三毛猫ホームズと愛の花束　赤川次郎

三毛猫ホームズの騒霊騒動　赤川次郎
三毛猫ホームズのプリマドンナ　赤川次郎
三毛猫ホームズの四季　赤川次郎
三毛猫ホームズの黄昏ホテル　赤川次郎
三毛猫ホームズの犯罪学講座　赤川次郎
三毛猫ホームズのフーガ　赤川次郎
三毛猫ホームズの傾向と対策　赤川次郎
三毛猫ホームズの家出　赤川次郎
三毛猫ホームズの心中海岸　赤川次郎
三毛猫ホームズの〈卒業〉　赤川次郎
三毛猫ホームズの安息日　赤川次郎
三毛猫ホームズの世紀末　赤川次郎
三毛猫ホームズの正誤表　赤川次郎
三毛猫ホームズの好敵手　赤川次郎
三毛猫ホームズの失楽園　赤川次郎
三毛猫ホームズの無人島　赤川次郎
三毛猫ホームズの四捨五入　赤川次郎

》》》》》光文社文庫　好評既刊《《《《《

三毛猫ホームズの暗闇　赤川次郎
三毛猫ホームズの大改装　赤川次郎
三毛猫ホームズの恋占い　赤川次郎
三毛猫ホームズの最後の審判　赤川次郎
殺人はそよ風のように　赤川次郎
ひまつぶしの殺人　赤川次郎
やり過ごした殺人　赤川次郎
顔のない十字架　赤川次郎
遅れて来た客　赤川次郎
模範怪盗一年B組　赤川次郎
白い雨　赤川次郎
寝過ごした女神　赤川次郎
行き止まりの殺意　赤川次郎
乙女に捧げる犯罪　赤川次郎
若草色のポシェット　赤川次郎
群青色のカンバス　赤川次郎
亜麻色のジャケット　赤川次郎

薄紫のウィークエンド　赤川次郎
琥珀色のダイアリー　赤川次郎
緋色のペンダント　赤川次郎
象牙色のクローゼット　赤川次郎
瑠璃色のステンドグラス　赤川次郎
暗黒のスタートライン　赤川次郎
小豆色のテーブル　赤川次郎
銀色のキーホルダー　赤川次郎
藤色のカクテルドレス　赤川次郎
うぐいす色の旅行鞄　赤川次郎
利休鼠のラララバイ　赤川次郎
濡羽色のマスク　赤川次郎
灰の中の悪魔　赤川次郎
寝台車の悪魔　赤川次郎
黒いペンの悪魔　赤川次郎
雪に消えた悪魔　赤川次郎
スクリーンの悪魔　赤川次郎

》》》》》光文社文庫　好評既刊《《《《《